プラチナ文庫

Platinum Label

トリコにさせたい
ドSがいます

牧山とも

"Toriko ni sasetai Do S ga imasu"
presented by Tomo Makiyama

プランタン出版

目次

※本作品の内容はすべてフィクションです。

◇◆◇

「おはようございます」

執務室のドアをノックし、開閉後、川嶋賢太郎《かわしまけんたろう》は玲瓏《れいろう》な声で挨拶《あいさつ》した。

始業時間の午前九時の十五分も前の出所である。しかし、室内にはすでに、部屋の主人たる巽紘克《たつみひろかつ》の姿があった。

川嶋はパラリーガルとして、城阪《しろさか》・ハバート・里見《さとみ》法律事務所に勤めている。

五大法律事務所に数えられる、国内屈指の事務所のひとつだった。一般民事や刑事事件は取り扱わない、企業法務専門の法律事務所だ。

ここのパラリーガルセクションで、取りまとめ役のシニアパラリーガルという任についていた。

大手といっても、今や経営が絶対的に安泰なわけではない。リーマンショック後、事態は激変した。

企業法務市場の縮小が始まった余波は、いまだ尾を引く。

追い打ちをかけるように、大手事務所に顧客企業が集中する現状、競合関係の別会社の案件を請け負えない事例が増えた。また、有力な顧客企業をめぐる利益相反により、手がける事案が制限されるケースも起こってきた。

それら以外にも、様々な負の要素が生じた。そこで、日本企業の海外進出に伴い、国際的な法務関連サービスの需要の高まりに城阪智法《とものり》は目をつけた。

活路を見出《みいだ》すべく、アメリカで法律事務所を運営していて、昔から親交の深かったエリエル・ハバートに声をかけた。元々、後輩の里見史明《ふみあき》とともにやっていた城阪・里見法律事務所は当時、業界で六、七番手の位置にいたそうだ。

城阪の誘いにハバートが応じ、八年前にできたのが現事務所になる。

この合併によって、城阪・ハバート・里見法律事務所は、五指に留《とど》まらず、三本の指に入るクラスになった。

ハバートとの合流で、外資系の法律事務所同等の企業法務サービスを提供できるようになり、他事務所との差別化が図れたからだ。

海外における企業法務事業の向上に力を注いだ結果、鈍化傾向の売上も回復に転じたらしかった。

現在、所属弁護士数は総勢四五〇人を誇る。そのほかに、パラリーガルや秘書、事務員もおり、東京とニューヨーク、シンガポールに拠点がある。

東京事務所は六本木《ろっぽんぎ》のオフィスビル内にあり、八階から十二階を占めている。約一八〇名の弁護士が勤務する中、巽は将来有望な弁護士といえた。彼は合併前の、城阪・里見法律事務所の頃からいたと聞く。

ちなみに、弁護士は二種類に分かれる。事務所の出資者兼共同経営者であるパートナー弁護士と、雇われた身のアソシエイト弁護士だ。

能力もだが、収入面における両者の差は明白だった。だからこそ、彼らは懸命にパートナーを目指す。

大方、入所七〜十年目が選別時期で、巽は七年前に二十九歳でパートナー弁護士へ昇格ずみという。

彼はコーポレートセクションに在籍し、コーポレートガバナンスを専門としている。

企業活動がグローバル化しつづける昨今、国内外の法規制や実務動向の考慮は避けられなくなった。その部分を斟酌《しんしゃく》しながら、企業の統治体制のプランニング、ディスクロージャー、報酬にかかわる対策、買収防衛策などについて、あまねくアドバイスを施すのが仕事内容だ。

そもそも、企業法務弁護士は単独では動かない。案件ごとに、各分野のスペシャリストの弁護士が数人から数十人のチームを組んで、業務にあたる。

ところが、巽は少々異なった。自身の専門分野以外も泰然とこなす、珍しくも例外的な存在なのだ。

城阪・ハバート・里見法律事務所には、コーポレートのほか、ファイナンス、リスクマネジメント、紛争解決等々、全部で十二に及ぶセクションがある。このセクション内で、さらにジャンルごとに細分化されていた。

たとえば、コーポレートセクションだと、コーポレートガバナンス、M&Aほかだ。ファイナンスセクションなら、証券発行、資産運用といった具合である。

これらのうち、彼はファイナンスや独占禁止法といった、いくつかの花形部門に、セクションを越えて所属した。その上で、専門外の仕事も完璧《かんぺき》にやり遂げたという異例の経歴を持つ超デキる男として、所内に名を馳《は》せる。

ゆくゆくは幹部確実のエリートな巽は、三十六歳とまだ若手の部類に入る。

ストイックかつ冷艶なルックスに、一八五センチの長身の美丈夫だ。特注と思《おぼ》しきダークブルーの三つぞろいのピンストライプスーツにネクタイ、白いワイシャツが育ちのよさそうな上品な雰囲気と相俟《あいま》って似合っている。

ワイシャツを除き、ワントーンのコーディネートが案外、スタイリッシュだ。ネクタイのペーズリー柄も粋に映る。

スーツの左襟には、ひまわりを象《かたど》った弁護士バッジがあった。

茶色がかった髪は前髪を上げて、きれいにセットされている。襟足が若干長めだが、涼しげな容貌《ようぼう》を損ねてはいない。

八月にもかかわらず、暑苦しさを感じさせぬ清涼感に溢《あふ》れた佇《たたず》まいが絵になった。

片や、川嶋は一七二センチのスレンダーな身体《からだ》にワイシャツ、サテン地のネクタイを締め、ライトグレーのスーツをまとっていた。

両サイドに分けた黒い前髪から、白皙《はくせき》の額が覗《のぞ》く。職場の女性陣には、ありがたくも眉《び》目《もく》秀麗との評価を得ていた。

おもむろに、巽が手元の書面から顔を上げて鷹揚《おうよう》に答える。

「ああ。おはよう、川嶋くん」

見た目と違い、ソフトな口調の巽は、性格も温厚だった。人当たりもよく、誰《だれ》に対しても分け隔てなく公平な態度を取る。

その反面、非常に冷静で何事にも動じず、感情的になることもない。

時折、辛辣《しんらつ》な発言をしたりもするが、概《おおむ》ね穏やかな気質だ。よって、優しげな甘い風貌とは裏腹に口が過ぎる嫌いのある川嶋が相手でも、口論になった例《ためし》はなかった。

なんとも摑《つか》みどころのない彼が歯痒《はがゆ》く、今朝《けさ》も懲りずに突っかかる。

「相変わらず、無駄にお早いですね」

「きみも充分、早い」

「巽先生と比べたら、わたくしは話にもなりません」

「そんなに謙遜《けんそん》しなくても」

「あいにく、せざるを得ない状況をおつくりになる方《かた》がおいでなので」

「私のことか?」

「ほかにどなたかいらっしゃるとでも?」

片眉《かたまゆ》を上げて、慇懃《いんぎん》無礼《ぶれい》に述べた。なにしろ、退所も川嶋より遅いのに、いつも定時より早く来ているつわものだ。

以前、訊《たず》ねた際、午前八時過ぎには事務所へ着いていると知って呆《あき》れた。別段、張り合う気はないので、巽に合わせるつもりもない。

かといって、嫌いだの、反りが合わぬといった感情とは別物だった。ただ、容易には本心を摑ませない部分が忌々しいだけである。

彼以外の者の本音は、だいたい推測可能ゆえ、余計にだ。

それで、つい、皮肉まじりの言葉が口をついて出る。

「三十六歳くらいにもなりますと、初老の初期段階に入って、どうしても早起きになってしまわれるのでしょうか」

「川嶋くんと私は、六歳しか違わないだろう」

「失礼ですが、四捨五入して四十路《よそじ》の人と一緒にされたくはありません」

「単に、満員電車が苦手なんだ」

「本当に、それだけが理由か怪しいものです。老化疑惑が濃厚では？」

「せめて、老成と言ってほしいな。まあ、精神年齢には、私たちの間にかなりの開きがありそうだが」

「…わたくしが精神的に未熟だと、おっしゃりたいのですか？」

「じゃあ、私以上にきみが成熟している点を、三十秒で十個挙げてもらおうか」

「制限時間が短すぎます」

「問答無用。ほら、スタート」

「……っ」

一瞬、言い澱《よど》んだ川嶋が、シルバーハーフリムの華奢《きゃしゃ》な眼鏡《めがね》越しに、軽く巽を睨《にら》んだ。

無理な要求を通す彼にも、すぐに思い浮かばない自分も恨めしい。

タイムオーバーの末、端整な口元をほころばせて、低音が告げる。

「終了。ひとつも出ないということは、肯定と看做《みな》す」

「やり方が横暴でしょう」

「図星を指されたからって、拗《す》ねない」

「別に、拗ねていません。不愉快かつ理不尽なだけです」

「きみは率直で、実におもしろいな」

「人を無断で娯楽にしないでください」

「はいはい。そろそろ、機嫌を直してくれると助かる」

「ですから、先生のそういうところが癪《しゃく》に障るんですけど」

「今さら直すのも面倒だし、川嶋くんが私に慣れて」

「はあ⁉」

「よろしく」

なんで自分がと反論したが、笑顔で一蹴《いっしゅう》された。巽とのやりとりは大概、こんなふうに終始する。

川嶋が刺々《とげとげ》しさ満点の発言をしようと、決して怒らない。彼の言に違《たが》わず、むしろ、楽しまれていた。

本人いわく、グレーゾーンと違法行為を除き、大抵の物事は気にならない性質《たち》だとか。これでも、法廷、もしくは先方の弁護士には非情と評される峻厳《しゅんげん》な面を見せるらしい。

巽がついたと聞くと、相手方の弁護士が『負ける…』と蒼白《そうはく》になるくらいの辣腕《らつわん》というが、普段の様子からは想像が難しい。

とはいえ、たしかに、巽はキャパシティが恐ろしく広い。

あまりにも懐《ふところ》が深すぎて、なにを考えているかわからず得体が知れないと、同僚たちにも畏怖《いふ》される始末だ。無論、彼の有能さを疑う余地はなかった。

従って、仕事のマルチぶりプラス、たまに垣間《かいま》見せる冷淡さも手伝い、事務所内では『ブラックホール《BH》』の渾名《あだな》がついていた。その名のとおり、飄々《ひょうひょう》とした態度の巽に反感を抱き、舌戦的会話に発展するのが毎朝の恒例行事だ。

パートナー弁護士は個室を与えられているため、仲裁も入らない。

ひとしきり難癖をつけた川嶋へ、にっこり言われる。

「きみとの応酬は、仕事前の脳トレに役立つな」

「図太い神経をお持ちの、鈍感な巽先生がうらやましいです」

「そうか。私たちは似た者同士か」

「その意見には、全力で異議を唱えさせていただきます」

「客観的事実を述べているのにか」

「事実無根ですから」

「知らぬは本人ばかりなり、だな」

「…………」

射殺す勢いの睨みも、巽はさらりと受け流す。げんなりした川嶋は、これ見よがしに溜《た》め息をついて己の仕事を始めた。

まずは、自身のデスクのパソコンを起動させる。ちらりと見れば、彼も書類に目線を落としていた。どうやら、業務に戻ったようだ。

渋口すら通じないメンタルの強さは、さすが『BH』と内心で唸《うな》る。打たれ弱い弁護士は論外にせよ、異様さが際立った。

手榴弾《しゅりゅうだん》どころか、大陸間弾道ミサイルを至近距離で数発撃ち込んでも、全弾ぺろりと呑《の》み込んだあげく、無傷のまま微笑を湛《たた》えて仕事をしそうな不気味さが漂う。ありとあらゆる物質も、光でさえ取り込んでしまうブラックホールならではの特性と、巽の底知れなさが重なるせいだ。

かれこれ三年、そばで働いているも、本性の核心には迫れていない。

悪い人ではないのはわかる。素顔を覗かせぬ怪しさが、引っかかるだけだ。

「…心底、不可解極まりない男」

「なにか言ったか？」

「なんでもありません」

「そうか?」

「はい。独り言です」

言外に、こちらの話と切って捨てた。

意識を切り替えた川嶋は、真っ先にメールチェックを行う。

クライアントや所内からのメールを読み、取り急ぎ返信が必要なものへは、速やかに返事を書いた。緊急を要す予定変更がないかも、確認する。

次いで、今日片づけなくてはならない作業に優先順位をつけていく。

早急に処理すべき案件について、パラリーガル以外のセクションとスムーズな連携が取れるよう根回しもすませておいた。

もちろん、秘書がくれたメールに書かれた巽のスケジュールも確かめる。彼にも送られているだろうが、念のため、川嶋も口頭での再確認を怠らなかった。

そして、昨日までに入手した情報や自分で調べた資料に基づき、担当中の案件の調査報告書作成に取りかかる。

多少の差異はあれど、おおよそ、日々こういう多忙なルーティンだ。

毎日、繰り返される煩雑で気が抜けない業務だが、やり甲斐《がい》はある。

パラリーガルがいかに重要な仕事か、やってみてよくわかった。

実をいうと、川嶋は弁護士だ。専門分野はベンチャーキャピタルで、ベンチャー企業支援、未上場企業株式発行についての助言などを行っていた。ただし、日本ではなく、ニューヨーク州の弁護士資格を持っている。つまり、日本国内での弁護士活動はできない。

かつては、ニューヨークの別の法律事務所で弁護士として働いていた。

元来、川嶋の国籍はアメリカだ。大手商社勤務の父親が、新妻を連れて転勤した先のカリフォルニアで生まれた。

父が現地法人で部長から社長に昇進する間、川嶋は学業に勤《いそ》しんだ。

家族ぐるみでつきあっていた隣人が弁護士で、その仕事に憧《あこが》れを持った。

高校で一度スキップし、スタンフォード大学の人文理学部を二十一歳で卒業した。英語と日本語は普通に話せたため、独学で中国語も勉強し始めた。

次に、イェール大学のロースクールに進み、三年間法学を学んだ。

在学中、大手ローファームでインターンをしたのち、ロースクール卒業後、司法試験を受けて合格、そのままそこへ就職した。トップスクールと名高い一流大学のロースクール出身者の多くが選ぶ道だ。

成績上位者だった川嶋も、ご多分に洩《も》れなかった。

同ファームで徐々に頭角を現すも、上司や同僚としばしば衝突した。

川嶋の生来の勝気さもあるが、自己主張は当たり前な文化の国だけに、互いが譲らない。姿貌もDNAも完全に日本人でも、感覚はほとんどアメリカ人の川嶋だ。

しかも、アメリカのローファームとて、出世競争はあった。上昇志向が強い野心家が多い分、かえって日本より熾烈《しれつ》かもしれない。

限られたパートナー弁護士の椅子《いす》をめぐる足の引っ張り合いは、凄《すさ》まじかった。

そんなとき、川嶋の優秀さを噂《うわさ》で聞いたといって、城阪が声をかけてきた。いわゆる、ヘッドハントだ。

当初、受ける気はなかった。けれど、城阪の熱意とユニークな人柄に、次第に絆《ほだ》されていった。

人任せにせず、ボス自らが説得に出向いたことも、自分を高く評価されているようで自尊心をくすぐられた。

出張でニューヨークにいる間、城阪はほぼ毎日、職場近くへ会いに訪れた。

「川嶋くんは才知に長《た》けてる上、ぴっちぴちの若い美男子だから、話すだけでも目と脳が潤うねえ」

「…城阪さん、微妙にセクハラ発言をなさっていますよ」

「おや、失礼。うっかり本音が。年寄りの戯言《たわごと》と思ってくれたまえ」

「年寄りだなんて、まだ六十歳なんでしょう？」

「世界的な弁護士の退職年齢を鑑《かんが》みれば、十二分に年寄りだね。五十代で退所する国もあるし、ここニューヨークでも、六十代前半で定年を迎えるのが標準的だと聞いたよ」

「それは、まあ…」

各国、各事務所で違いはあるにせよ、大手に限るなら城阪の弁は真実だ。

ニューヨークの場合、定年後の弁護士の道はいくつかあった。他の小規模な法律事務所に移るか、企業や大学で働くといった具合だ。

「老い先が短い年寄りにできることは、川嶋くんみたいに有能な人材を確保したり、後進を育てるくらいだ。協力してくれないかね」

「はあ…」

「川嶋くんを見込んだ、ぼくの目に狂いはないと断言できるんだが」

「光栄です」

東洋人は若く見えるそうだが、城阪も例外ではなかった。肌艶《はだつや》もよく、エネルギッシュで、とても還暦を迎えたようには見えない。

やんわりと断りを入れたが、彼は引き下がらなかった。

あきらめが悪い人だと戸惑う一方、裏表のない対応は好感度が高かった。自身の事務所や弁護士人生に妙に執着せず、裏方に回ろうという気構えも好意的に思える。

なんといっても、条件が破格だ。パートナー弁護士の地位と、今よりも断然多い報酬とあり、そちらにも惹《ひ》かれた。

川嶋の能力を考えたら当然の対価と言われて、悪い気はしない。アメリカでは、キャリアアップのための移籍は普通である。

城阪・ハバート・里見法律事務所の業績が堅調なことも、後押しになった。

ひと月あまり悩んだ末、結局、二年間勤めた職場を二十六歳で辞め、現事務所のニューヨーク支所に移籍した。

そこのボスを任されているハバートも、尊敬できる好人物だった。

入所後、一年が経った頃、今度は東京事務所の外国弁護士セクションに来てほしいと、城阪から打診された。

日本へ行くのは、かまわなかった。同時期に父親が本社勤務になり、母親と中学生の弟ともども帰国していたせいだ。

米国法のアドバイザーとしての役割でと申し入れられたが、丁重に断った。

かわりに、せっかくだからとパラリーガルの仕事を熱望した。

「ほう。理由はなんだね？」

「ロースクールに通っていた頃なんですが…」

「うむ」

アメリカでは高名なカリスマパラリーガル、アンドリュー・ロムニーが特集された専門雑誌を川嶋は読んだ。その記事で、弁護士の業務はパラリーガルがいないとスムーズに立ちゆかないというところに関心を抱いた。

身近な例でいくと、医師と看護師の関係に近いかもしれない。

縁の下の力持ちのような存在を、自分でも一度は体験してみたい。どうせなら、ずっと考えていたこの願いを実行したい。

幸い、日本の弁護士資格を持たない川嶋だから、絶好のチャンスだ。

弁護士としてのキャリアが、暫定的に止まるのもわかっている。それでも、やってみたかった。

求められれば、きちんと米国法のアドバイスもする。日本のパラリーガルに必須《ひっす》な法的知識も、六法全書と重要判例をみっちり学ぶ。

ありのままに、そう答えた。さすがに苦言を呈されるかと思いきや、城阪がおもしろいと二つ返事で受けて現在に至る。

アメリカほどパラリーガルの地位が確立していない日本で、少なくとも東京事務所内の意識改革を頼むとまで発破をかけられてしまった。

つくづく、変わった人だと再認識した瞬間だ。

約束どおり、東京事務所へ赴任する前に、企業法務に必要な法律を重点的に、六法全書と主だった判例すべてを頭に入れた。

「はい。城阪・ハバート・里見法律事務所でございます」

鳴った電話に、川嶋が頭の片隅で耽《ふけ》っていた思考から現実に戻る。

キーボード入力の手を止め、ワンコールで出た。考えごとをする傍ら、書類を作成しつつも、内線・外線を含めてかかってくる電話応対も、そつなくこなしていた。

相手の名前と用件を訊ねて、いったん保留ボタンを押し、巽に言う。

「巽先生、田崎《たさき》さんとおっしゃる方からお電話です」

「離席中で頼む」

「前回も、前々回もそうだったと思いますが、よろしいのですか？」

「私が話さずにすむなら、川嶋くんが適当な理由を考えてくれていい」

「…わかりました」

どうやら、なにがなんでも出たくないとみえる。ここ数か月、巽宛てに田崎という男性から週に二、三回はかかってきている計算だ。そのつど、巽は居留守を使う。

おそらくは、なにかの勧誘とか、取るに足りない内容と推量しつつ、川嶋は彼の意向を叶《かな》えていた。

そうこうするうちに、時刻は正午を回った。昼休みだが、同じセクション内のM&A担当のパラリーガルたちとランチミーティングを行う。相互の仕事内容に関する情報交換が目的だ。

午後からは、同じ案件にかかわっているパラリーガルと打ち合わせる。

ちなみに、コーポレートセクションのパラリーガルは、男女合わせて四十名いた。今は、そのうちの六名がいる。

彼らの報告に耳を傾け、書類に目を通した川嶋が気になった箇所を挙げる。

「最初に、梶谷《かじたに》くん。ミーティング中に居眠りとは余裕ですね」

「すみませんっ。昨夜、調査報告書を夜遅くまでつくっていて…」

「言い訳はけっこう。皆、似たり寄ったりの状況でしょう。なにも、あなたひとりが特別なわけではありません」

「…はい」

「まして、眠くなると予測がついているのなら、たとえば、両瞼《りょうまぶた》をセロハンテープでとめる、もしくは、目の下にメンソールでも塗って、涙をこぼしながらも起きているくらいの気概は、ぜひ見せていただきたいものです」

「……以後、気をつけます」

瞬時、同僚らが小さく息を呑む音が聞こえた。沈痛な面持ちになった者も見受けられたけれど、いつものことだ。

川嶋の本業と華麗なる経歴を、全員が承知ゆえである。

もしかしなくても、東京事務所に所属する弁護士の誰よりも、スーパーエリートだが、当の本人は気にせず淡々とつづける。

「そうしてください。あと、岸田《きしだ》さん」

「は、はい！」

「あなたの文面は誤字脱字に加え、コロケーションがおかしな点が多々あります。正しい日本語を使えなくては、日本人の名折れでしょう。パラリーガルとしても問題ですし、こんな些細《ささい》な事象で、先生を煩わせるなんて言語道断です」

「申し訳ございません…」

「今後、文書作成においては、最低でも三種類の国語辞書の使用を義務づけてもらいます。コロケーション辞典も忘れないように」

「……わかりました」

入所して間もない梶谷と岸田のほかにも、あとふたりほど注意した。

この際、川嶋に悪意は欠片《かけら》もない。純粋に、事実を端的に言っているつもりだ。アメリカで生まれ育った影響により、仕事ではストレートな発言がデフォルトだった。

ただし、部下の心を漏れなくぽっきり折っている。

一日、平均十折《ポキ》という高確率である。これでも、パラリーガルには優しいと当人は思っていた。相手が弁護士になった途端、本来は同業者ゆえに、年齢や立場を問わず遠慮なく厳しく接するためだ。

いつの頃からか、冷笑を浮かべて人の心を折る『氷の貴公子』との、不本意な異名がついた。端麗な甘いルックスと、クールな性格とのギャップが込められているとか。

巽も外見と中身の懸隔が激しいものの、自分も人のことは言えなかった。

常々、理性的に振る舞う川嶋は、言動に出さないだけで、情熱的な一面も持つ。

正義感が強く、何事も白黒はっきりさせないと気がすまない性分でもあった。几帳面《きちょうめん》で神経質な面もあり、なにかと細かい。

他方、困っている人を放っておけないタイプだ。だから、言い方はきついにせよ、新人パラリーガルや新米弁護士の世話を焼いたりもする。

先の忠告にしろ、その一環だ。小動物のように密《ひそ》かに怯《おび》える彼らをよそに、一時間弱でミーティングを終えた。

執務室へ戻り、翌日訪れるクライアントとの諸々《もろもろ》を調整した。巽に必要事項を報告し、再び書類作成に勤しむ。

気づけば、終業時間の午後六時が迫っていた。よほどの事情がない限り、残業はしない主義だ。逆に、巽はほとんど毎日、遅くまで居残る。深夜を過ぎてからの帰宅も、日常茶飯事で珍しくない。

彼クラスのパートナー弁護士ともなれば、それも仕方あるまい。当然ながら、多忙さはパラリーガルを凌《しの》ぐ。

朝のメール確認に始まり、案件ごとのミーティングに、顧客とのインターネット会議、顧問先への訪問と分刻みのハードスケジュールだ。

その合間を縫い、訴状や準備書面、契約書のチェックをする。業務外でも、気は抜けなかった。

めまぐるしく移り変わる経済情勢や、複雑化を増す法改正への留意は当たり前といえる。世情に合わせてスキルアップし、専門知識を常に更新しつづける努力が不可欠だ。

ちなみに、大企業同士の紛争では、イメージを損なわないよう双方が可能な限り訴訟は避ける。

この両者の折り合いを、自身のクライアント側に有利につけるのが代理人たる企業法務弁護士の力量にかかっていた。妥協できなかった場合は、法廷に持ち込まれる。

訴訟で無敗というのも、巽のそこはかとない怖さを物語る。

それはさておき、現状で入り用な資料類は抜かりなくそろえて渡していた。

六時きっかりにパソコンの電源を切った川嶋が、デスク上を片づける。まだ仕事中の巽にかまわず、通勤鞄《かばん》を手に席を立った。

「巽先生、お先に失礼させていただきます。お疲れさまでした」

「ご苦労さん」

「どうか、くれぐれも過労死にお気をつけください」

「心配してくれてありがとう」

「礼はいりません。社交辞令です」

「そうか。どっちでもいいがな。とりあえず、明日もよろしく」

「畏《かしこ》まりました」

微塵《みじん》もこたえた様子のない微笑《ほほえ》みで、本日も見送られた。『BH』、侮り難しと胸中で嘆息を漏らし、執務室をあとにする。

受付には誰もいなかった。受付嬢の勤務時間は、午後五時半までなので当然だ。

蛇足ながら、総合受付は八階で、二名の受付嬢がいる。そこから五つのフロアにもわたる事務所の性質上、総合受付以外はワンフロアごとに一名いた。

普段、川嶋が働く巽の執務室は十一階だ。

無人の受付を通ってエレベーターホールへ向かい、呼び出しボタンを押した。さほど待たずに、上階からエレベーターが下りてくる。一般的な退社時刻とあり、わりと混んでいたが、乗るスペースはあった。

ほどなく、一階に着く。首にかけている所員証を兼ねたICカードを翳《かざ》して、セキュリティゲートを通る。

顔写真が貼付《ちょうふ》されたICカードをスーツの胸ポケットに突っ込み、ビルの外へ出た。

適度に空調が効いた屋内とは違い、真夏の空気に包まれる。秋口なら、とっぷり暮れている空も依然、明るかった。

季節柄、ヒートアイランド現象により、気温はさほど下がっていない。昼間の殺人的な熱気と比較すればましだが、ぬるい外気に眉をひそめた。

涼を求めて最寄り駅へと急ぎ、やってきた電車に乗り込む。冷房が効いた車内で、ひと息ついた。

川嶋の自宅に近接する目黒《めぐろ》駅までは、十分程度だ。職場から徒歩も入れると、通勤時間は片道三十分になる。

目的地の目黒駅で降り、改札を通過して駅構内を出て、歩き出す。

蒸し暑さの中、黙々と歩を進めた。途中、コンビニエンスストアに立ち寄り、夕食と明日の朝食を買う。

やがて、五階建ての瀟洒《しょうしゃ》なマンションに辿《たど》り着いた。

オートロック式なので、専用パネルにカードキーを通す。エントランスに入り、郵便ポストを確認したあと、エレベーターホールへ行った。

二基のうち、一階で停まっていた片方に乗り、三階のボタンに触れる。

新築で駅にも近く、職場への通勤も便利な物件だ。近所に、先のコンビニエンスストアのほかに別チェーンのコンビニエンスストア、ドラッグストア、郵便局やクリーニング店、惣菜《そうざい》店や飲食店もあっていい。

幾許《いくばく》もなく、エレベーターが三階で停止した。エレベーターを降りて、角部屋の自身の住処《すみか》に向かう。

川嶋はひとり暮らしだ。家族は横浜に住んでいる。

年が離れた弟は今年、高校生になった。反抗期で両親を困らせているらしいが、兄の自分とは普通に話す。たまに、休日にふたりで会って食事をしたり、将来のことなどを相談にのっていた。

ドアの前に立ち、カードキーでロックを解除する。玄関に入って靴を脱いでスリッパに履き替え、廊下の照明をつけた。

間取りは、ひとりで住むには充分な広さの１ＬＤＫだ。

オフホワイトの壁紙に合うよう、インテリアは白と黒でまとめた。再度、転勤がないとも限らず、荷物は最低限しかない。

おかげで、全体的にいささか殺風景だ。アメリカ、日本、シンガポールの法律関連の書籍が目立つのは仕事上、やむをえなかった。リビングとベッドルームの本棚に、ぎっしりと隙間《すきま》なく並べてある。

もっと増える可能性が、限りなく高い。

さしあたり、川嶋はバスルームに併設された洗面所へ行って手を洗った。うがいもすませて、ベッドルームに足を運ぶ。

シングルベッドとパソコンデスク、本棚、クローゼットしかないシンプルな室内だ。

白いパソコンデスクに通勤鞄を置き、ネクタイをほどく。

オフホワイトのＴシャツと、オリーブグリーンのコットンハーフパンツに着替えた。脱いだスーツはシャツやネクタイを含め、一時的にハンガーにかける。

週末、クリーニングに出すが、余分な皺《しわ》ができないようにとの配慮だ。ハンカチや靴下といった小物を手に、もう一度、洗面所に寄った。ランドリーボックスにそれらを入れる。部屋着類も合わせて、自身で洗濯するのだ。

ロースクール時代のひとり暮らしで、家事に抵抗はない。ただし、料理はどれだけやっても上達しなかった。母親に教えを請うも改善されず、食べる専門に回った。だから、基本的に外食か、出来合いのものを買ってくる。

男の単身生活者は、誰しもがそんなものだろう。

ラフな格好の川嶋が、キッチンに移動する。冷蔵庫からペットボトルのミネラルウォーターを取り出し、つづきのリビングにある黒いソファへ座った。

水を一口飲んで、大きく息を吐く。脳内で一日を振り返りつつ、背もたれにゆったりともたれかかった。

「総じて、今日もノーミス」

納得のいく仕事ができたと、満足げな表情で呟《つぶや》いた。

三年前にニューヨーク支所から着任して以来、川嶋は仕事一筋できた。自身が望んだパラリーガルの職務は雑事に追われる日々だが、忙しくも楽しい。

アンドリュー・ロムニーの言葉どおり、パラリーガルの支えがなければ、ただでさえ多忙な弁護士の業務は成り立たない。この三年間で、しみじみ実感できた。いい経験をさせてもらっていると思う。

充実した毎日だが、プライベートは正直、寂しかった。

そうはいっても、川嶋のセクシュアリティはゲイだ。おいそれと、相手を見つけることはできない。

職業柄、下手な行動は命取りになりかねず、そちら方面はすっかりご無沙汰《ぶさた》だった。

ゲイとはいえ、何事も同性を贔屓《ひいき》するナンセンスな偏重思考はない。わけても、仕事では性別を問わず、誰にでも厳しい。

恋愛対象にならないだけで、異性とも普通に接する。

ゲイを理由に蛇蝎《だかつ》のごとく嫌う者もいれば、気にしない両性の友人も多数いた。

恋愛においては、川嶋はやや奔放ぎみの傾向に属す。けれど、現況はストイックな日々を送らざるをえなかった。

「男盛りに、なんとも嘆かわしい…」

知らず、深い溜め息をつく。仕事は大変といえど、まだまだ多分に余力はある。

それゆえ、己の業務をパーフェクトにやって他人の面倒をみるゆとりがあり、定時での帰宅も叶う。

弁護士の仕事をしていれば、激務とあり、煩悩に煩わされる暇もない。

巽と同じく深夜まで働き、くたくたになって帰る。食事や風呂《ふろ》もそこそこに、ベッドに倒れ込むようにに眠るライフサイクルになる。

前の職場や、現事務所のニューヨーク支所にいるときが、まさにそれに当てはまった。

その折も、特定の恋人はいなかった。大学の頃は別として、ロースクールの卒業間近は、一晩限りの関係で性欲を満たしていた。

言わずもがな、自分の身を守るため、セーフセックスが絶対だ。

特段、刹那《せつな》的な恋愛を好んでいるわけではない。川嶋なりの仔細《しさい》があった。

己のセクシュアリティを確信したのは、十代の後半だ。高校卒業時に恒例のダンスパーティで踊る相手を選ぶ際、異性にまったく食指が動かなかった。

性的な興味を持ったのが、クラスメートの同性の友人で愕然《がくぜん》となった。

川嶋自身、女生徒にかなり人気はあって、告白されたことも幾度かある。当時は勉強に集中したくてすべて断っていた。

まさか、自らのセクシュアリティがそうだとは想定外で悩んだ。

誰かに相談しようにも、内容がデリケートすぎて躊躇《ためら》った。この間《かん》、女性とデートしたりするも、恋愛感情へは結びつかずに、ますます焦った。

数か月の懊悩《おうのう》を経て、これも個性と諦観《ていかん》ぎみに腹を括《くく》った。

半ば、開き直りの境地で、大学デビューも飾った。ゲイを公言している学友、グレン・スチュアートと知り合ったのが契機だ。

恋心とは別口の、実地訓練という名目で彼の導きにより、初体験もすませた。

衝撃的ではあったが、どこかしっくりくる行為に酔いしれた。やはり、自分は同性愛者なのだと、ようやく受け入れられた。この出会いを境に、グレン経由でゲイの友人も増えていった。

それから間を置かず、川嶋は異性愛者に恋してしまう。

大学の図書館に本を借りにきていた、日米ダブルの美形だった。世界的に有名な大企業に勤める二十代後半のエリートサラリーマンだ。

グレンをはじめ、同類の仲間たちには、やめたほうがいいと何度も忠告された。

しかし、初恋で舞い上がった川嶋は、周囲が見えていなかった。若気の至りで無謀にも告白し、口を極めて罵倒《ばとう》されてふられた。

よりにもよって、相手は強烈なホモフォビアだったのだ。

嫌悪感もあらわに、人格否定に等しい台詞《せりふ》を投げかけられた。傷つきながらも、川嶋の正義感に火がついた。

心の狭い差別主義者と猛反撃に出て論破し、盛大に失恋した。

これに懲りて、異性愛者を恋愛対象にするのはやめた。だが、ゲイとつきあうも、束縛が激しかったり、モラハラ男だらけで参った。

とりわけ、最後につきあった男はひどかった。独占欲が尋常でなく、川嶋が老若男女を問わず誰かと話すだけで、妬《や》いていた。最初は『愛されている』と思えたが、ロースクールに毎日迎えにきて周りを威嚇《いかく》するような有様に、辟易《へきえき》となった。

しかも、どの男も悉《ことごと》く、愛らしく甘えてこいと訴えてきた。

「こう、もっとさ。せめてふたりきりのときは、子猫ちゃんでいてほしいんだって」

「どんなに血眼になって探しても、僕の中にそんなものはいない」

「ふりでもいいから、努力くらいしろよ」

「せいぜい、成猫が限界だね」

「甘えた声で『ダーリン♥』とか呼べないか」

「考えただけで、吐きそうになるけど」

川嶋の性格的に、それは非常に高度で困難な注文といえた。

日本の司法試験をパスしたばかりの司法修習生が、修習期間を終えるなり、突如、最高裁判所長官だの検事総長だの日弁連会長だのの重職に就けと命じられるようなものだ。右も左もわからぬ新人には事実上、システム上も無茶な話である。

これと同じ理論で、川嶋も甘えるのは無理と歴代の恋人に言った。

ついでに、一方的な押しつけも不公平だとつけ足す。すると、判で押したかのごとく、『可愛《かわい》げがない』と返された。

この件が互いに不満となり、別れるケースが少なくなかった。けれど、勝気で強情な性分だからといって、奴隷《スレイブ》資質の者をいたぶって楽しむ嗜好《しこう》はない。俗にいう、ＳＭマニアとは違った。

以降、恋人はつくらず、一晩限りの情事を重ねるようになった経緯だ。就職後は仕事に忙殺され始めたため、一夜情人を求める回数は格段に減った。

どうにも欲求不満になったときのみ、グレンと連絡を取り、性欲を満たした。

もとより、グレンがフリーの場合だけだ。恋人がいる折は、彼が後腐れのないフリーのゲイ仲間を紹介してくれた。中には、日本人も何人かいた。

もしも、またステディをつくるとしたら、今度は、寛容で公明正大な人がいい。

変に甘々ないちゃつき願望を持つ男も、遠慮したかった。そのかわり、生理的に受けつけ不可能でない限り、外見は重視しない。

職業も、無職だったり、違法なものでなければ充分である。セックスが巧くて遅漏なら、なおベストだろう。

「とか言って、出会い自体がないし」

ひとりごちた川嶋は、フリーになって七年あまりが経つ。

ゲイ歴は十二年になるが、家族へのカミングアウトはまだだ。母親は薄々気がついているる節がなくもないにしろ、なにも言ってこない。

さしもの川嶋も、この問題だけは迷う。弟が二十歳《はたち》か社会人になったらと、近頃、考え始めたものの、下手をすれば勘当だ。そうなる可能性があるとわかっていて言い出すのは、勇気がいった。

いろいろ思い出していたせいか、なんだか人肌が恋しくなってきた。

尤《もっと》も、東京ではめを外すのはまずい。ニューヨークでも然《しか》りだが、現在の事務所が居心地がいいだけに、なおさらだ。

自由の国と謳《うた》われるアメリカですら、ゲイに寛大な職場は多くない。日本はいちだんと厳しいと思われた。

つまり、欲望はひたすら我慢するしかなかった。

だいいち、三年間も禁欲生活に耐えられたのだから、今後もつづけられるはずと自分に言い聞かせる。

「引きつづき、男絶《おとこだ》ちで」

力強く宣言し、眼前のローテーブル上のタブレットを手に取った。

意識を逸《そ》らそうと、定期購読している新聞を読み始める。しばらくして、夕食を摂《と》る。食後は、英字新聞を数紙、読んだ。明日の業務を脳裏に思い浮かべつつ風呂に入り、零時過ぎに休んだ。

この翌日、川嶋はいつもどおりの時間に出所した。

案の定、巽は先に来ている。挨拶から平素の手順で事は進み、午前十時半の十分前に彼へ声をかける。

「巽先生、応接室への移動をお願いします」

「ああ。もうクライアントがおみえになる時間か」

「はい。八階ですので、早めの行動が肝要です。エレベーターが混み合っている事態も想定されますし、階段で行かれたほうがよろしいかと」

「まあ、そっちが無難だな」

「日頃の運動不足が祟《たた》って、足が縺《もつ》れて転倒という大惨事はご勘弁ください。仕事に多大なる支障が出ます」

「今朝も、毒舌が冴《さ》えわたってるな」

「ご心配には及びません。相手を選んで、悪態はついております」

「そうでないと、私も困る。誰彼かまわず毒づくパラリーガルだったら、監督責任を問われかねずに、落ち着いて仕事もできないからな」

「狂犬パラリーガル扱いは、胸糞《むなくそ》が悪いです」

「いや。猛犬扱いだが」

「どちらも、極度に不快なんですが」

「先に噛《か》みついてきたのは、きみだ。さて、行くか」

「…ええ」

川嶋の口撃をさらりと躱《かわ》した巽に、小さく肩をすくめた。快弁が身上の弁護士だけあるが、自分と張る同業者はニューヨークでもそうはいなかったので口惜しい。

少しく憤然と必要書類を持ち、彼に伴って執務室を出た。パラリーガルがこういう場に同席するものの数分で応接室に着き、クライアントを待つ。パラリーガルがこういう場に同席することは、珍しくない。

今日訪れるのは、宮薗篤子《みやぞのあつこ》という女性だった。

二十六歳と若いが、老舗《しにせ》の中堅繊維メーカーである宮薗合繊株式会社の専務だ。現社長で彼女の父親が、城阪と懇意の間柄らしい。その縁で、今回の依頼で組むチームリーダーに、城阪が巽を指名した形だ。

事前のメールにて、概要は伝えられて知っている。全容をまとめた書面に確認の意味で目を通す寸前、ドアがノックされた。

「はい」

すかさず、川嶋が答《いら》えを返す。巽もろとも立ち上がった直後、ドアが開いた。

受付嬢に先導されて、淡いコーラルピンクのセットアップに、パールのネックレスをつけた女性が室内に入ってくる。

自分たちを見るなり、少々緊張ぎみの顔つきで一礼した。

川嶋より先に、巽がやわらかく破顔し、穏やかな声音で言う。

「初めまして、こんにちは。どうぞ、こちらへおかけください」

「恐れ入ります」

宮薗の肩の力が若干、抜けたように見えた。

巽は自らが他者に冷たそうな印象を与える自覚があるらしく、意識的に微笑を浮かべている。それで、だいぶんイメージが和らぐのは、たしかだ。

彼女が向かい側のソファに腰かけたのを見計らい、川嶋と巽も腰を下ろす。

絶好のタイミングで、入れ替わりに冷茶を持ってきた秘書が応接室を退いたのち、早速、彼が話を切り出す。

「このたび、御社のご依頼を担当するにあたり、編成するチームのリーダーを務めさせていただく、弁護士の巽と申します。よろしくお願いいたします」

スマートな仕種で名刺を差し出して、巽がそつなく挨拶した。彼につづこうとするも、川嶋が失態に気づく。

迂闊《うかつ》にも名刺を忘れてきた事実に、漏れかけた舌打ちを堪《こら》えた。

必要書類をそろえるほうへ気を取られ、名刺入れをスーツの内ポケットに入れるのを失念していた。巽との応酬も一因だが、言い訳にはならない。自身の責任だ。

一応、名刺には現在のポジションと、もうひとつの肩書きが記載されている。

ややこしいので、今は『パラリーガルの川嶋と申します』と簡単に名乗ってすませた。

彼は事態に勘づいたようなれど、言及はしなかった。

淑《しと》やかな動作で宮薗が自身の名刺を取り出し、丁重に手渡す。

「宮薗と申します。こちらこそ、お世話になります」

宮薗合織株式会社の依頼は何回か受けているが、その際は父親の社長がクライアントとして訪れていた。要するに、彼女にとっては初めての法律事務所訪問になる。

おそらくは、案件にかかわる新規事業の指揮を任されたからだろう。

双方の名刺交換がすんだところで、巽が本題に入る。

「ご依頼は、御社の現地法人をニューヨークに設立したいとのことですね」

「はい。そうです」

「具体的な内容のご確認ですが……」

時折、書類に視線を落とすも、彼がなめらかな弁舌で話す。数多《あまた》の依頼を抱えていて、案件ごとにきっちり頭にたたき込んでいる姿勢は、当然とはいえ素晴らしい。

巽の記憶力の正確さには、舌を巻く。川嶋もうろ覚えの一年以上前の事案についても、細部まで覚えていたりする。

此度《このたび》の依頼は、海外進出に伴い、必要な法的手続きを頼みたいというものだ。

宮薗合織株式会社が先頃、開発したばかりの医療用繊維製品の外国向け販売の拠点を、ニューヨークに置きたいらしい。

ちなみに、この新製品の特許も、城阪・ハバート・里見法律事務所が依頼を受け、主要な国で取得ずみだ。

今回のような依頼こそ、当事務所の最も得意な分野だった。

論ずるまでもなく、快諾する。巽のあとを継いだ川嶋が、今後の流れについてわかりやすく説明した。

進捗《しんちょく》状況の報告、必要書類の提出に関する連絡等、逐一知らせる。なにか疑問があれば、なんでも訊ねてくれてかまわないとも言い添えた。

「電話、メール、ファックス、ツールは問いませんので。直ちに巽へ確認後、わたくしのほうから、お返事をさせていただきます」

「わかりました」

「宮薗さまに於《お》かれましては、どの時間帯がご都合がよろしいでしょうか。どちらの手段がいいかも、お選びいただけますか？」

「では、よほど急を要することでなければ、メールでお願いします。時間は何時でもかまいません」

「畏まりました」

「あの…」

己の書類の端にメモを取る川嶋に、宮薗が控えめに話しかけてきた。

即座に目線を上げ、恭しい態度で応じる。

「なんでしょうか」

「早々な質問で恐縮なんですけれど」

「どうぞ、なんなりとお訊ねくださいませ」

「まず、手続きは、どのくらいの期間かかるものなんですか？」

「そうですね。だいたい…」

現在は専務だが次期社長とあり、彼女はバイタリティに溢れていた。

良家の子女めいた清楚《せいそ》な美人ながら、実際はアクティブなキャリアウーマンのようだ。

質疑応答を経て納得がいったのか、一時間強で面談が終わる。

「大変、丁寧なご説明をありがとうございました。自分なりに勉強はしてきたつもりでも、なにぶん素人《しろうと》なので、わからないことが多くて。矢継ぎ早に訊《き》いてしまって、申し訳ありません」

「とんでもない。お役に立てて、なによりです」

ほどよく緊張がとけた様相の宮薗が、腰を上げた。

巽と川嶋も倣う。応接室を出てエレベーターホールまでクライアントを送る途中、巽が不意に口を開く。

「宮薗さん」

「はい？」

「言い忘れていましたが、こちらの川嶋はアメリカで生まれ育った上、ニューヨーク支所にいたんです。それに、ニューヨーク州の弁護士資格を持っていますから、安心してお任せください」

「え⁉」

「私以上に、御社のご依頼を遂行するのに適した人材ですよ」

「そうだったんですか」

素直に驚いた表情を湛えた宮薗と目が合った。単なるパラリーガルと思っていたのだろうから、さもありなんだ。

いきなり、持ち上げられて、胡散《うさん》くさい気持ちになった。そもそも、事前の相談なしにチームの弁護士の頭数に自分も入れられているのかと、巽へ一瞥《いちべつ》をくれる。

悪びれない笑みを返されて、吊《つ》り上がりかけた片眉を抑えた。

溜め息を押し殺し、感情も面《おもて》へはいっさい出さずに、川嶋が彼女に会釈する。

「わたくしでお力になれるよう、せいいっぱい努めます」

「ありがとうございます。巽先生に加えて、現地に明るい川嶋先生もついてくださったとわかって、いっそう心強くなりました」

頼もしい限りと語る笑顔を残し、宮薗はエレベーターに乗り込んだ。扉が閉まったと同時に、川嶋が左隣に立つ長身を睨む。

「いつ、わたくしが弁護士としてチームに入ると決まったんです？」

「文句は城阪先生に言ってくれ」

「巽先生の人選ではないんですか？」

「まあ、私が彼の立場でも、同じ選択をするが」

「…せめて、前もって本人の許可を取っていただきたいものですね」

「だから、私への苦情は筋違いだ」

クレームは城阪へつけろと、あしらわれた。言われなくても、あとで、もの申すと答えた川嶋が、巽にこの際とばかりに提案する。

「では、弁護士の立場で見解を述べさせてもらいますが」

「ああ」

「今回の依頼に関しては、巽先生とわたくしのほかに、万が一に備えて医療分野が専門の弁護士がひとりいたほうがよろしいかと存じます」

「異存なしだが、うちの医療部門には常勤弁護士がいないからな」

「承知です。非常勤の方をお招きしようかと」

「了解。城阪先生に話を通しておく」

「お願いします。わたくしは、これから、その非常勤弁護士がいらした際につくパラリーガルを検討して参りますので」

「任せた。私は、執務室に戻る」

「わかりました」

腕時計を見遣《みや》りながら、巽が背を向けた。エレベーターを待たず、再び階段を颯爽《さっそう》とのぼっていく。

昼休みに突入し始めて混み出したエレベーターに乗るのは、避けたとみえる。

彼と別れて、同階にあるパラリーガル専用の控室に赴こうと、川嶋も踵《きびす》を返す。歩き出してすぐ、廊下でスーツ姿の男性と出くわす。

高橋康治《たかはしやすはる》という弁護士だ。中肉中背の平凡な目鼻立ちだが、見方によっては好青年めいた容貌に見える。

彼の背後には、セクションが異なる女性パラリーガルの長峰《ながみね》がつき従っていた。川嶋を認めて小さく頭を下げてこられ、こちらも会釈した。

東京事務所に所属する弁護士全員の顔と名前は、覚えている。セクション違いのパラリーガルのそれも同様だった。

巽が高橋とチームを組んだことはない。ゆえに、ほとんど話す機会はないものの、定期的に絡んでくるので、否応なしに接点が生まれた。

これは、なにも川嶋だけに限った話ではなかった。

同期や後輩であれば、見境なく嫌味を言う高橋の迷惑な趣味に起因する。そのくせ、野心はないといった変わり種だ。

巽と同期入所なのも、いろんな意味で信じ難い。年齢も同じはずだ。しかも、この先、昇格の見込みなしのアソシエイト弁護士である。開く一方の巽との格差は、一向に気にしない楽天家だ。

国内有数の大手法律事務所勤務という点に、ステータスを感じる人種らしかった。

所内では軽く扱われても、所外の人間、殊に女性から飲み会の席などで『すごい！』ともてはやされて満足感を得るとか。

肩たたきに合わない程度に成果を出す仕事ぶりは、川嶋が最も嫌うタイプだ。

戦力外、役立たず、無能と、不穏な単語が続々と脳裏をよぎる。あまり長く視界に入れてしまうと、罵《ののし》りスイッチが自動的に作動しかねない。

後々の面倒を考えるなら、かかわらないのが妥当だろう。

今までどおり、穏便にすませようと伏し目がちに一揖《いちゆう》し、すれ違おうとした。けれど、相手が見過ごしてくれずに、足を止めさせられる。

無益な時間の浪費が惜しくも、嘆息を必死に押し殺した。

「今度は、弁護士として働くんだ？」

「…依頼内容の都合上、そうなりました」

「ふうん」

にやついた面持ちで訊かれ、無視はできずに恬淡《てんたん》と答えた。

どうも、宮薗との会話を聞いていたらしい。厄介な相手の耳に入ったなと内心でぼやく川嶋を後目《しりめ》に、さらに訊ねてくる。

「それにしても、川嶋くんってさ、弁護士とパラリーガルのどっちなの？」

「はい!?」

「なんか、中途半端な存在だって、みんな言ってるけど」

「………」

突拍子もない馬鹿げた質問もだが、へらへら笑いが気に障って眉をひそめた。

当たりや口調がいくらやわらかくても、嫌味は嫌味だ。カチンとはくるも、低次元すぎて言い返す価値もなかった。

川嶋がいなす直前、高橋はパラリーガルにも同意を求める。

「こういう、どっちつかずな立場の人って困るよね？」

「えっ」

「長峰さんも、そう思うでしょ」

「いえ、その…」

明らかに困惑中といった様子の長峰が気の毒だった。

高橋と川嶋へ交互に視線を遣り、弱り切っている。彼女のスタンスで、どちらかの肩を持つなど無体な話だろう。

素早く心中を察して、目線で大丈夫と訴えかけてやる。

ついでに、川嶋は『みんなって誰だよ』と胸中で突っ込みまくっていた。そこへ、調子づいた高橋が、たたみかけるように言う。

「きっと、巽も川嶋くんを扱いかねてると思うんだよね」

「……」

「でも、城阪先生直々に押しつけられ……おっと、失礼。頼まれたんじゃ、断れないか。前任のパラリーガルが寿退社しちゃって、後任を探してたにしろ、まさかこんなのをあてがわれるなんて、かわいそうだなあ」

その後も、皮肉のオンパレードは止まらなかった。やり過ごそうという気が、徐々に失せていく。

自分が弁護士なのも、今は巽のパラリーガルをやっているのも、ひいては雇用形態も全部、高橋には無関係だ。なにより、幼稚でくだらない中傷の中身以前に、高橋の人を食ったような態度が一番業腹だった。

ゆるみ切った顔面筋と性根を一度、絞り上げてやると決意する。

眼鏡のつるを、川嶋が指先でつと押し上げた。丁寧かつ静かな語調とは正反対に、ドラスティックな反撃の口火を切る。

「高橋先生。今のお話は、嫌味と受け取ってよろしいですか？」

「まさか。みんなの素朴な疑問と、声なき声を口にしただけだよ」

「素朴な、ね」

「そう。作為はないってことさ」

「なるほど。…よくわかりました」

のらりくらりと恥知らずにもそう返してきた高橋に、川嶋の口角が上がった。

冷笑の目撃者となった長峰が双眸《そうぼう》を瞠《みは》り、悲鳴を抑えるよう口元を両手で覆う。そんな彼女と受付カウンターで頰《ほお》を引き攣《つ》らせている受付嬢をよそに、標的《ターゲット》に狙《ねら》いを定めて毒満載の言葉を綴《つづ》る。

「ところで、高橋先生のおっしゃる『みんな』とは、出世の道を絶たれた、しがないアソシエイト弁護士の集まりでしょうか」

「そ……」

のっけから、躊躇《ちゅうちょ》なく急所を突いて抉《えぐ》った。よもや、逆襲に遭うとは思っていなかったのか、高橋は咄嗟《とっさ》に反応できずにいる。

「そういえば、高橋先生は巽先生と同期入所でしたよね。巽先生は現在、名実ともに立派なパートナー弁護士で、将来は幹部就任が確実視されていらっしゃるのに……現実は酷なものです」

「！」

「ですけれど、張本人の高橋先生は肩身が狭い、いづらいといった繊細な神経はお持ちでないようですから、余計なお世話かもしれませんが」

「な……」

「なんと申しましても、大手の法律事務所といえど、過剰人員が顕在化し、問題になっている昨今です。真っ先にリストラ対象になるのは……さすがに言うまでもなく、おわかりになっていますか」

「……っ」

「いつ離職を促されるかわからない不安定な身の上って、きっとスリル満点の毎日なんでしょうね。それにもかかわらず、仕事も適当にやり、周囲の迷惑を省みずにこんなに明るく能天気に、嫌味マシーンとして日々、フル稼働されている高橋先生の脳に過負荷がかかっていないかと、わたくし、僭越《せんえつ》ながら心配です」

「く……」

「よろしければ、いい病院をご紹介できますが？」

「か、川嶋くんは、おれを侮辱する気なのか！」

「滅相もない。あくまで、わたくしの素朴な感想及び、私見にすぎません」

「!!」

高橋の先の言い分を利用し、川嶋が平然と告げた。まして、名誉棄損をするつもりもないとつけ加える。

この報復に、自分からしかけた手前、高橋も怒るに怒れないようだ。

早くも後悔し始めたのか、腰が引けている。だが、途中棄権は許さないとばかり、彼を完膚なきまで打ちのめすことに余念はなかった。

エスカレートする手厳しい当てこすりに、高橋の顔色が蒼白になっていく。それを見かねた長峰が慌てて受付カウンターへ小走りに駆け寄ったのも、集中していた川嶋は気づかずにいた。

もはや、膝《ひざ》から崩れ落ちそうな気配の彼を察知し、とどめを刺す刹那だ。

背中側から回ってきた手で口を塞《ふさ》がれ、ぽんぽんと頭も撫《な》でられた。

「んむ⁉」

「はい、そこまで」

穏やかな声音で割って入ったのは、巽だった。あとから聞いた話では、長峰が緊迫した声様《こわざま》で巽の執務室へ内線をかけてきたという。

いわく、『氷の貴公子』が局地的にブリザードを発生させている。被害者は一名だが、凍死寸前の瀕死《ひんし》状態である。巻き添えになる人が出る二次災害防止のためにも、救援を要請されたとか。

それを知らぬ川嶋が口元の手を外し、氷点下の眼差《まなざ》しとトーンで言う。

「邪魔しないでいただけますか」

「もう、大概にしろ」

「巽先生には関係ありません」

「きみは、私のパラリーガルだからな。無関係ではすまない」

「離してください」

「だめだ」

睨《ね》めつけたが、笑って取り合われない。巽の囲いを逃れたくも、後ろから肩に腕を回さ

れていてままならなかった。その隙に、長峰が高橋の背中を両手で押すような格好で連れ去っていくのが視界に入る。

「って、ちょっと！　まだ話は終わっていませんよ」

「こっちは気にしないでいいから、行って。長峰さん」

「はい。巽先生、お忙しい中、ご足労をおかけして申し訳ありませんでした」

「お互いさまだ。知らせてくれてありがとう」

「いいえ。では、失礼いたします」

蚊帳《かや》の外で交わされる会話に、川嶋は苛立《いらだ》ちが募った。

高橋と長峰の姿が見えなくなって、ようやく身動きが自由になる。不機嫌さを隠さない川嶋の腕を引き、巽が受付嬢にも『迷惑をかけたね』と慰める。

迷惑をかけられたのは自分だと愚痴るも、執務室へ連行された。

やり場のない感情を持て余していると、席に着いた巽が宥《なだ》めてくる。

「まあ、落ち着け」

「どなたかのせいで消化不良のため、落ち着けません」

尖《とが》った声で反駁《はんばく》したものの、微笑んで受け流されただけだ。なおも食ってかかる間際、どこかおもしろがっているふうに、彼がつづける。

「きみは充分すぎるくらい、高橋にトラウマをつくったはずだぞ」

「あんな程度で、ですか？」

「あいつの抜け殻具合から見て、心の複雑骨折は間違いない。全治三か月ってところだろう。下手をすれば、再起不能かもな」

あのくらい、まだ序の口なのにと呟いた川嶋に、巽が苦笑する。

何事もほどほどにと窘《たしな》めながら、宮薗の案件について相談を持ちかけられた。ほかにも何人かの弁護士にチームへ入ってもらうか、自分たちにつくパラリーガルはニューヨーク支所の者を使うか等だ。

意図的な話題転換に鼻を鳴らすも、気が逸れてちょうどよかった。無用に費やした時間を取り戻すべく、話し合う。

人選がほぼ決まり、少し気分が落ち着いた頃、彼が訊ねる。

「ときに、高橋になにを言われたんだ？」

「……今頃、蒸し返しますか」

「悪い。ちょっと予想外でな」

これまで、どれだけ皮肉られてもスルーしてきた川嶋が、高橋の相手をしたのが意外だったらしい。巽の疑問も、わからなくはない。

思い出して、目を眇《すが》めた。むかつきつつも、傍目《はため》には過剰防衛と映ったにしろ、自分からすれば、一連の言動は正当防衛だと釈明する。

「ボスが、なぜ高橋先生レベルの弁護士を雇っているのか理解に苦しみますが、今、謎《なぞ》が解けました」

「ん？」

「働きアリの法則ですね。だったら、納得できます」

「そうきたか」

働きアリの法則とは、働きアリを観察したデータだ。

百匹のうちの二十匹はよく働いて、六十匹が普通に働き、残りの二十匹はまったく働かない。仮に、怠けアリを取り除くと、残った八十匹のうち、また二：六：二の同じ割合に再編成される。

逆に、勤勉なアリだけを集めても、ほどなく同現象が起きるという。即《すなわ》ち、落ちこぼれアリが出てくるのだ。これは、人間行動学的にも該当する。

要は、人の社会でも同様のことになるとの研究結果だ。

「だから、ボスはクズ同然の弁護士も、あえて飼っているんでしょう」

「…高橋が聞けば、廃人決定だな」

「解雇より、ましでは？　あと、巽先生」

「なんだ」

「クズ弁の妄言を信じたわけではありませんが」

「すごい言われ様だな」

茶化しはしても、巽は否定しなかった。悪戯《いたずら》っぽい表情からも、賛同を得たと判じる。

高橋の世迷言《よまいごと》を、多少なりとも気にかけている自分が嫌だった。だから、本人に訊いてすっきりしたい。

「巽先生は、わたくしを扱いかねていますか？」

「別に」

「わたくしへの配慮や虚偽でなく、心から思っていらっしゃる？」

「ああ。川嶋くん並みに有能なパラリーガルは、滅多にいないんだ。弁護士でもあるから、その目線で資料なんかもそろえてくれるし、本来は私が作成すべき書類も、チェックする段階に仕上げてくれていて、本当に重宝させてもらってる」

「そうですか」

「いつも助かってる。ありがとう」

「……いいえ」

上辺だけの感謝でなく、巽が本心で言っているのが伝わった。

考えてみると、己の勤務評定をあらためて訊いたことはない。道理にせよ、高評価は満更でもなかった。

他の弁護士の中にも、川嶋の指導を受けたパラリーガルの質が向上したとよろこぶ者も多いとか。また、川嶋がパラリーガルにつく巽をうらやましがる同僚も十指を上回ると聞いて、瞠目《どうもく》した。

「そもそも、あいつがきみに言った内容すべて、私は考えたことがない」

「…わかりました」

なにげなく補足され、ささくれ立っていた心が不思議と凪《な》いだ。わだかまりがすっかりとけて、心置きなく業務を再開する。

その後も忙しく立ち働き、川嶋は終業時刻を迎えた。定時で退所しかけた矢先、帰る支度をしている巽を見て目を剝《む》く。

彼の担当パラリーガルになって以来、初めてのできごとだ。

「まさか、巽先生もお帰りなんでしょうか?」

「寄り道するがな。仕事は終わりだ」

「珍事ですね。真夏なのに、雪を降らせるおつもりですか」

「『氷の貴公子』の、きみじゃあるまいし」

「それは、本意でない渾名なんです」

「私の『BH』もな」

さらりと述べられて、川嶋が苦く笑う。巽名など知るまいと高を括っていたが、知っていて我関せずでいたようだ。

やはり、一筋縄ではいかない男だと思っていると、巽が話を戻した。

「来月からニューヨークに研修留学する、知人の弁護士がいてな。彼の壮行会に招かれてるんだ」

「ニュアンス的に、他事務所の方と受け取れますね」

「きみも聞いたことはあると思うが、久納《くのう》・常盤《ときわ》・堅田《かただ》法律事務所の弁護士だ」

「無論、そちらの事務所は存じ上げております」

城阪・ハバート・里見法律事務所と同じく、五大法律事務所に名を連ねるところだ。

そこの弁護士と代理人同士として顔を合わせるうち、数人と打ち解けたらしい。以後、私的なつきあいがあるとか。

おそらくは、巽が手腕を高く買っている弁護士に違いあるまい。その彼らが、そろって来るという。

事務所が違う弁護士との交友は、なくはなかった。仕事上はライバル関係だが、守秘義務さえ全うすれば、意気投合した同業者と親交を深めるのに問題はない。

どちらかというと、互いがいい刺激になりえる存在だ。

そういう相手の招待なら、巽が仕事を切り上げて行くのもうなずけた。

今日は金曜日で、明日、明後日《あさって》が休日なのも一因だろう。持ち帰ってできる仕事は、家でゆっくり片づけてこられる。

得心した川嶋へ、彼がひらめいたといったように言う。

「よかったら、川嶋くんも来ないか」

「わたくしが？」

「ああ。留学する知人に、ロースクールについてきみからも話してやってほしい。それに、美味《うま》いものでも食べたら、高橋の件の気晴らしにもなるだろ。私の奢《おご》りだ」

「ですが、断りもなく見知らぬ人間が行って、先方に失礼ではありませんか？」

「メールで知らせる。ためになる情報が得られるんだし、歓迎されると思うが」

どうすると目線で問われ、しばし迷う。

巽以外は面識のないメンバーだったけれど、どんな面々か興味を引かれた。

自分は日本で弁護士活動ができない分、よその法律事務所所属の弁護士と直接的に接触を持つ機会は少ない。まして、川嶋が実力を認める巽が評価しているだろう人たちだ。好奇心が慎みを上回った。

　社交性は多分にあるほうなので、誘いを受ける。

「では、お言葉に甘えて飛び入りさせていただきます」

「よし。少し待ってくれ」

　巽がスマートフォンを取り出し、素早くメールを打った。私的な連絡先も交換ずみとは、ずいぶん親しいとみえる。

　数分後、着信音が鳴り、返信を読んで笑顔が向けられた。

「了解が取れた。行こうか」

「ええ」

　通勤鞄を手に、執務室を出た。ふたりが一緒の時間に仕事を終えるのは初で、なんだか妙な心地だ。

　待ち合わせ場所は、渋谷《しぶや》にある和食店だという。

　指定された店へ着くまでの間、川嶋は参加者の顔ぶれについて聞いた。三人が来るらしく、彼は各々に一目置いているらしかった。

　巽より年上の槇村龍将《まきむらたつまさ》なるパートナー弁護士は紛争解決が専門分野で、粘り強い交渉術が見事だとか。その同僚で後輩の二十九歳の上條悠海弁護士が、来月から留学を控えている今日の主役だ。

M&Aが専門の上條は、若いがかなりデキる有望株だそうだ。可能な限り、相手にしたくないと巽に言わしめた上條に驚く。

彼に手強《てごわ》いと思われるなど、尋常ならざるポテンシャルを秘めた逸材である。まだアソシエイトの身と聞いては、なおさらだった。

残るひとりは、かつて久納・常盤・堅田法律事務所に勤めていたが、現在は個人で法律事務所を切り盛りする甲斐雅敬《かいまさたか》弁護士らしい。大手勤務時代の専門分野は知的財産権で、上條と同期かつ同い年の、こちらも相当な切れ者との巽の認識だ。

「ボスがよく黙っていますね」

「黙っていないみたいだが、久納先生もやり手だからな。独立したはずの甲斐先生とも、いまだにパイプがあるようだし、上條先生を引き抜くのも至難の業だろう」

水面下での攻防戦は、とっくに勃発《ぼっぱつ》しているのだ。しかも、今回の研修留学でステップアップする上條には帰国後、パートナー弁護士昇格が内定ずみと、槙村にこっそり教えてもらったという。

「でしょうね」

「きみと上條先生のやり合いを、私は見てみたい。他の追随を許さない、抜群のクールさと精神的タフさを誇るふたりだ」

「巽先生に言われたくはありません」

「我が事務所きってのドSと、悪魔の名を轟《とどろ》かせているらしい男の対決なんだ。私など、足下にも及ばない」

「はい⁉　どえす……？　悪魔⁇」

後者はともかく、前者は意味不明だった。日本語は不自由なく話せるし、理解できるが、法律に深くかかわる語彙《ごい》ならまだしも、関連のない造語まではカバーし切れていない。

川嶋の手本は辞書だ。

後者が、久納・常盤・堅田法律事務所内における上條の異名とも知らぬゆえ、首をかしげた。

無言で解《かい》を促すも、巽は微笑むだけで無回答を貫く。

なんとか訊き出そうとしたが、間もなく和食店に着いてしまった。タイムオーバーと、無念ながらあきらめる。

約束の時間である午後六時四十五分までは、あと五分ほどあった。

店の開店自体は、午後六時半だ。路面店でなく、階段を下りた半地下にあるせいか、隠れ家的な雰囲気がいい。

暖簾《のれん》越しにスライド式の手動の扉を開いて、店内に入る。

内装はこざっぱりしていた。冷房の心地よさに加え、出入り口に活けられた紅葉《もみじ》と竜胆《りんどう》が涼を感じさせる。

派手さはないものの、奥ゆかしさがいかにも日本テイストで好感を持った。

すぐに和服姿の女性が現れ、いらっしゃいませと出迎えられた。そのスタッフに、巽が柔和な語り口で話しかける。

「予約している槙村さんの連れで、巽と申しますが」

「承っております。お部屋へご案内いたしますので、こちらへどうぞ」

「ありがとう」

彼のあとについて、スタッフに追随した。

カウンターやテーブル席のほかに、奥のほうにも個室があるようだ。

開店直後のわりには、客席は七割方埋まっている。自分は一見《いちげん》でわからないが、人気店なのかもしれなかった。

先導するスタッフが、とある障子の前で立ち止まる。室内へ静かに声をかけ、中からの返答を待って両手で開けた。

どうやら、相手方はもう来ているらしい。優雅な仕種《しぐさ》で彼女が室内へ一礼し、告げる。

「失礼いたします。お連れさまがおみえになられました」

「ああ。それじゃあ、通してください」

落ち着いた声がそう言ったあと、スタッフが障子をさらに開き、場を譲った。巽につづいて、川嶋も靴を脱いで個室へ足を踏み入れる。

中は六畳くらいの広さだろうか。畳敷きで、中央に黒塗りの大きな座卓がある。そこに、スーツ姿の三人の男性が座っていた。一番年長らしき人が巽に向かい、片手を上げて心安く口を開く。

「巽くん。忙しいのに、呼び出して悪いな」

「気にしないでください。ちょうど、息抜きがしたいと思っていたところです」

「そう言ってもらえると、気が楽になる」

さきほど耳に届いたのと同じ声だ。たぶん、彼が槙村だと目星をつける。その槙村が、川嶋にも挨拶を寄越した。

「初めまして。槙村です。川嶋くんの話は巽くんに聞いてたから、会えてうれしい。今後とも、よろしく頼むよ」

「こちらこそ、不躾《ぶしつけ》な来席をお許しいただき、ありがとうございます。わたくしについてのどんな噂をご存じなのか怖い気もいたしますけれど、以後、お見知りおきください」

「心配しなくても、きみの素晴らしい仕事ぶりだ」

人好きする笑顔で、槙村が如才なく返す。左手の薬指に光る指輪を見て、既婚者かと見て取った川嶋をよそに、彼がスタッフに向き直った。

「女将《おかみ》、料理をお願いしていいかな」

「畏まりました。先に、お飲みものを持って参りますが、なににいたしますか？」

「そうだな…」

結局、川嶋以外の四人は、ビールを頼んだ。川嶋は冷茶だ。アルコールが苦手なわけではないが、初対面の彼らを素面《しらふ》で観察したかった。

上條と甲斐、川嶋が名刺を交換しつつ手短に自己紹介をすませたとき、飲みものが運ばれてきた。さほど経たずに料理もそろう。

どれもが見映えし、美味《おい》しい。全員が舌鼓を打って、箸《はし》も進んだ。

槙村、巽、川嶋のロースクールでの経験を、上條は真剣に聞いていた。巽の目利きどおり、上條は極めて頭が切れる隙のない男という印象だった。ルックスも巽に劣らず整っていて、体格もよく、異性が放っておかないのが目に見える。

対して、甲斐はおとなしやかな青年だ。儚《はかな》い美貌《びぼう》に一瞬、ハッとさせられる。しかし、発言は切れ味が鋭く、冷静で要所を押さえていた。

ときが経つにつれて場が和み、話も弾み出す。各自のパーソナルデータへも話題が及び始めたとき、川嶋は上條の言動の怪しさに気づく。

上條以外の者が甲斐と話すと、強引に割り込んでくるのだ。しかも、甲斐への露骨な好意をダイレクトに表す。

いくら大学以来の親友で、元同僚といえど、度を超えている。

あげく、研修留学の件すら、おかしな方向へすり替わっていく。

「やっぱり、どんなに頑張っても、期間の短縮はできないわけですか」

「というか、最短で二年だから」

「槙村さん。俺は二年間も雅敬をひとりにするなんて、心配でたまらないんです」

「おいおい。甲斐も子供じゃないんだしさ。大丈夫だろ。おまえがいない間は、おれも、こうやって誘うし。たぶん、久納先生たちもな」

「それが、最大にして最凶の懸念材料なんですが」

「はあ?」

「悠……上條。あんまり馬鹿なことを言って、槙村さんを困らせるんじゃない」

「雅敬。いつもみたいに、悠海って呼んでいいんだぞ」

「…いいから、おまえは少し黙れ」

「おまえがニューヨークに年四回は必ず来てくれるっていう、俺のささやかな願いを叶えてくれるなら、黙ってやってもいいけどな」

「……速やかに黙らないと、一回も行ってやらないよ」

「超、黙る。すぐ、黙る。即刻、黙る」

甲斐の誡《いまし》めに大慌てで反応した上條に、甲斐が嘆息している。

いつものやりとりなのか、そんなふたりを眺めて槙村は笑っていた。だが、甲斐の呆れたような表情の中に面映《おもは》ゆさが垣間見えて、川嶋は彼らの関係に勘づく。

それならば、まるで自分たちを牽制《けんせい》する勢いだった上條の態度も合点がいく。とはいえ、こうも堂々と愛情を示す日本人も珍しい。

法律談義中の、シャープな敏腕弁護士ぶりはどこへやらだ。

本来は秘すべき仲なので、甲斐は大変そうながら、上條の潔さは好ましかった。今も、黙ってはいるものの、甲斐を見つめる眼差しは熱い。こちらが照れて、目のやり場に困るくらいの熱視線だ。

「槙村さん、巽先生と川嶋先生も、本当にすみません…」

せっかくの貴重な体験談を台無しにしたようで、申し訳ない。冗談が過ぎる男でと、甲

斐が律儀に謝ってきた。

　川嶋が答えるより先に、巽がおおらかな口調で返す。

「気にしないでけっこうです。知人も友人もいない留学先で、寂しくなるかもという上條先生の気持ちは、わかりますし。ねえ、槙村先生」

「たしかに。言葉はもちろん、文化の違いや環境に馴染《なじ》むまではな。その点、川嶋くんは今がアウェーな感じかな?」

「おかげさまで、三年も経つとだいぶん慣れました」

　気づかぬふりをして同調すると、甲斐がどこか安堵《あんど》したふうに微笑んだ。

　上條が憂慮するのもわからないではない、触れなば落ちんといった風情がある。上條に愛されている証拠に思えて、内心で羨望《せんぼう》に溜め息が漏れた。同時に、あらぬ箇所が疼《うず》きかけて焦心に駆られる。

　どうにか抑え込み、それから三十分ほどで、壮行会はお開きになった。

　午後九時過ぎとあり、外はすっかり暗くなっていた。照りつける陽射しがない分、ましだが、外気は生暖かい。

　三人と、巽・川嶋は電車の乗る線が違うと判明し、現地解散になる。彼らと別れて駅に向かい始めた途中、巽に礼を述べる。

「どうも、ごちそうさまでした」

「いや。楽しめたか？」

「はい。聡明な方々ばかりで、有意義な時間が過ごせました」

「だったら、なによりだ」

これはこれで、偽りなき本音だ。巽の鑑定眼に間違いはなかった。同レベルの知識や価値観を持つ相手との交流は、憩いのひとときになりうる。

ただ、今夜は予期せぬオプションもついていた。

しばし、言うか、言わざるべきか逡巡《しゅんじゅん》した末、川嶋が口にする。

「あの、上條先生と甲斐先生ですが」

「ん？」

「おふたりは、恋人同士なんでしょうね？」

疑問形ではあるが、半ば確信的に訊いた。果たして、いっさいの動揺もなく、巽が淡々と応じる。

「そうみたいだな」

「…ご感想は、ないんですか」

「似合いだなと思ったが？　あと、槙村先生でさえ時折、手を焼くらしい上條先生を一発で制御できる甲斐先生の調教手腕はすごい」

「調……って、気にするのは、そこなんだ…」

小声で呟き、少々啞然《あぜん》とした。大半のことに鷹揚と既知ながら、その範疇《はんちゅう》に同性愛も入るとは予想外で言葉を失う。

同類の人間はなんとなく識別できる川嶋も、巽のセクシュアリティは謎だった。どんなに詳察するも、わからずじまいでいる。かといって、わざわざ訊く気にはならない。事務所内の女性らの噂話で、独身なのは確実だ。

ただし、職場限定だが、三年間ともにいて、恋人らしき存在も、異性の影もなかった。仕事がハードなので、恋愛に割く時間がないのも承知だ。

無論、親密な人がいても、彼がにおわせずにいるだけの蓋然《がいぜん》性は高い。なにせ、底知れぬ男だ。

ゲイ、バイセクシュアル、異性愛者、どれと言われても納得できる。

生物学上、ありえないけれど、巽に限っては『今年五歳になる子供がいる。実は、自分で産んで、父乳《ふにゅう》で育てた』と衝撃の告白をされても、『Y染色体を持つおまえには、出産どころか授乳も無理』と突っ込む以前に、『ありえるかも…』と真顔で血迷った判断をしてしまいそうなほど、独特のオーラがあって厄介だった。

しかし、現在の川嶋は少々、切羽詰まった状態になりつつあった。

仲睦《なかむつ》まじげな上條と甲斐を目の当たりにしたのが原因である。あの程度でと己が情けなくなるも、仕方なかった。

これまで仕事の多忙さでまぎらわせてきた肉欲が、彼らを見て本格的に目覚めてしまったのだ。だが、このまま夜の繁華街へ出向き、相手を適当にみつくろうといった危険は冒せない。

それならば、いっそ巽に協力を仰いだほうが安全だろう。

素顔を摑ませぬ気に食わなさはあれど、嫌いなタイプでもない。高橋の一件で、川嶋を高評価する真意も知れたし、根本的には信頼できる人物だ。

そうでなければ、彼の担当パラリーガルなど、とうに辞めている。

ただ、懸案は巽が同性がいけるかどうかにかかっていた。

問題をどうクリアすればいいか、川嶋が瞬時、思案する。必死に考えるものの、もう眼前に駅が迫っている。あと数メートルでタイムリミットだ。

道路上よりも人の耳目がありそうな駅構内だと、込み入った話はできない。

妙案は短時間では思いつかず、結局、あきらめた。あとは野となれ山となれとばかり、単刀直入に訊ねる。

「巽先生、つかぬことを伺いますが、わたくしとやれますか?」

「やるって、なにをだ?」

当然というか、彼が訝《いぶか》しげに首をひねって訊き返してきた。視線が合った状態が微妙だが、さらに直球でいく。

声のトーンは周囲を憚《はばか》って、いくぶん抑えぎみだ。

「セックスです」

「…私と、きみが?」

「ええ。いきなりのカミングアウトで恐縮ですけれど、わたくしはゲイで、抱かれる側所望でございます。巽先生を押し倒す気は毛頭ありませんので、あしからず」

「はあ…」

「お返事は、YesかNoの二択でどうぞ。できれば、即答で願います。なぜなら、恥ずかしながら上條先生と甲斐先生の熱々ぶりにあてられて、只今《ただいま》わたくし、絶賛発情中なんです」

「!」

さすがに驚いたのか、目を丸くされた。思わずといったふうに歩みも止めた巽につられて川嶋も立ち止まるも、かまわず急《せ》かした。

余計な誤解は受けたくないため、自己弁護はきちんとしておく。変に言い訳がましくならぬよう、端的にだ。

「断っておきますが、別に誰でもいいというわけではないです。信用の置ける巽先生ならと思い、お願いさせていただきました」

「……ああ」

「また、こんなことを日常的に行ってもいません。現状は、わたくしにとりましても誠に遺憾かつ、非常事態です」

東京事務所に赴任以来、三年もの間、禁欲生活を送ってきた。それが、上條と甲斐の仲を見せつけられて、我慢を重ねてきた欲望が爆発してしまった。こうなると、耐えるのは難儀だ。

「もちろん、無理強いはいたしません。Ｎｏなら、はっきりとそうおっしゃってくださってけっこうです」

ゲイが苦手であれば、明言してくれていい。セクシュアリティを知られた事実は消えないが、週明けからは、これまでどおり振る舞う。

補足すると、いかなる病気も持っていない。ＳＴＤの検査も、毎年きちんと受けているので断言できる。コンドームなしのセックスも未経験だ。

ゆえに、そういう意味での心配は無用だと包み隠さず明かす。

少なくとも、巽がゲイに偏見がないのは上條たちへの対応でわかっていた。だからこそ、打ち明けられた。

最後に、危うく大事なことを忘れるところだったと、川嶋が言い添える。

「すべては、巽先生に恋人がいらっしゃらない前提でご考慮ください」

いちだんと驚愕《きょうがく》したふうな面持ちで、巽が双眼を瞬《また》かせている。だが、さすが『BH』なだけはあり、驚異的な早さで立ち直って苦く笑った。

「なんとも、唐突な話だな」

「申し訳ありません。それで、お返事は？」

「その前に、ふたつ質問だ。もし、私が拒んだらどうする？」

「自宅に帰って、浴びるほどアルコールを飲んで酔い潰《つぶ》れて寝ます」

「欲望を発散させずにすむのか？」

「すませるしかないでしょう。職業柄、危ない橋を渡る気はありませんので」

「ふうん。あと、きみに恋人は？」

「いません。そもそも、決まった相手がいたら、その人に抱いてもらいます。わたくしはセックス好きですが、浮気はしない主義です」

「へえ。遠距離恋愛中の彼氏でも、いるんじゃないかと思ってな」

「あいにく、かれこれ七年前から恋人はいませんし、遠距離恋愛も、わたくしには向いておりません」

「そうか」

「巽先生。いい加減、ご回答をいただけますか」

余裕なく返答を催促する川嶋に、巽が口角を上げた。

まだ焦《じ》らすつもりかと軽く睨みかけた瞬間、低音が囁《ささや》く。

「じゃあ、まあ、Ｙｅｓで」

「合意と看做してよろしいですね」

「よしとしようか」

やる気があるのか、ないのか懐疑的な、大雑把すぎる答えが彼らしかった。思うところは多々あれど、言質《げんち》は取れたので、今は充分だ。

巽の住居は大崎《おおさき》のマンションゆえ、渋谷からだと目黒の川嶋宅が近い。

一刻も早く欲求を満たしたくて、彼を自宅に誘った。

「今から、わたくしの家にいらしてください」

「ほう。私が『お持ち帰り』されるわけか」

「はい？」

「性格のＳっ気を裏切らず、そっちも超肉食系なんだな」

「すみませんが、わたくしにもわかる言葉でお話しいただけませんか」

「たいした内容じゃないから、気にしなくていい」

「…なんだか、怪しいんですけど」

「本当になんでもない」

にっこりとごまかされ、胡乱《うろん》げに見遣るが、すぐさま心が性欲に傾く。衝動に急き立てられるまま、歩を進めた。

連れ立って駅の改札を通り、ホームに向かって電車に乗り込む。

車窓に映る、隣に立つ吊り革を摑む長身を窓越しにそっと盗み見た。

三つぞろいのスーツの上からでも、スタイルのよさが際立っている。手足が長く、均整が取れた身体つきは日本人離れしていた。

なにか運動をやっているのか、年齢のわりに贅肉《ぜいにく》もついていない。すらりとした、しなやかな体軀《たいく》だ。

一糸まとわぬ姿になった巽を想像し、川嶋ののどが鳴った。咳払《せきばら》いで取りつくろうも、さぞ、見事な肉体美に違いないとうっとりする。

普段では、考えもつかない妄想だ。事実、一度たりとも彼をそういう目で、こうもじっくり見たことはなかった。ただし、いったんリビドースコープで眺めると、この身軀はかなり魅力的でそそられる。

もし、これでセックスが下手だったり、早漏だったにしろ、久々にできるだけで満足だ。最悪、自分がリードし、飽きるほど搾り取ればいい。

本人の了承は得たと、弾む心情を懸命に抑えて家路を急いだ。

いつもより遠く感じた自宅に、ようやく帰り着く。

靴を脱ぐのももどかしく、川嶋は通勤鞄を廊下に抛《ほう》った。自らが脱いだ靴を、行儀よくそろえて並べようとする巽が言う。

「靴先を玄関に向ける、玄関と並行、どちらにすればいい？」

「そんなことはあとでけっこうですから、こちらに来てください」

「来客の礼儀としては、気になるんだがな」

「靴なんかよりも、シャワーを浴びる態勢を整えていただきたいので、早急に脱衣をお願いします」

彼の腕を取り、バスルームに連れ込んだ。抑制のリミッターは早々と振り切れている上、時間がもったいなくて、別々のシャワータイムを設ける意思は端《はな》からない。

ふたりでは少々、手狭な脱衣所で、川嶋が眼鏡を外した。ネクタイもゆるめつつ、なおもせっつく。

「早く手を動かしましょう」

「そう、がっつかなくても、夜は長いって」

「いいえ。夏の夜は短いです。だいいち、大変失礼ながら、巽先生の諸々がそれほど長く持続する保証もありません。短期決戦のつもりで、始めから全力でやってもらいます」

「気合満々だな。おてやわらかに」

「手加減はいっさいしないと申し上げておきます。わたくしの気がすむまで、つきあってくだされば、巽先生は裸でベッドに転がっていらっしゃるだけでけっこう。あとは、こちらで好きにいたします」

巽の持久力、その他は当てにしていないと同義の発言だが、反論はなかった。

互いに全裸になり、浴室へ移る。彼が脱いだスーツは、さすがにハンガーにかけた。

遠慮のない熟視に晒《さら》されて、忘れていた羞恥《しゅうち》心が湧《わ》くも、欲情が凌ぐ。川嶋も、目前の肉体をまじまじと見つめた。

薄い筋肉が張り詰めた裸体も理想的なら、巽自身も立派だった。

性器の長さは身長に比例するとの説があるらしいけれど、現ケースは適合している。勃起前で、これだ。臨戦態勢時はどうなるのか、胸が躍った。

水回りの使い方を説明し、巽は洗髪、川嶋はボディソープで身体を洗う。各自、手早く逆もすませて、浴室から脱衣所に移動した。

バスタオルで全身の水気を拭《ふ》くのもそこそこに、彼をベッドルームへ誘《いざな》う。

巽はかろうじて、腰にバスタオルを巻いていた。川嶋に至っては、なにも身につけていない大胆すぎる格好だ。

部屋の明かりとエアコンをつけ、ベッドに長身を座らせた。少し開いた脚の間に片膝をつき、逞《たくま》しい両肩に腕をのせる。

頭ひとつ高い位置から、薄茶色の双眸を見下ろす。

「一応、訊きますが、主導権を握りたいですか？」

「どちらでも」

「それでは、わたくしの指示に従ってもらいましょう」

「多少の逸脱行為は許されるのか？」

「セックスが盛り上がるのならば、許可します」

「仮に、きみが指図できなくなったときは？」

「万が一、そうなった際は、巽先生に全権を委《ゆだ》ねます」

ありえないがと胸中で思いながら、告げた。数年のブランクはあれど、仕事と同等に、こちら方面にも絶対的な自信があった。

精力と体力が尽き果てるまで貪《むさぼ》ってやると含み笑い、顔を寄せて囁く。

「まずは、頭の芯《しん》が痺《しび》れるほど、濃厚なキスをしてください」

「わかった」

優しく唇が重ねられ、幾度か啄《ついば》まれた。次いで、上唇と下唇の甘噛みが加わる。子供だましみたいな戯れに焦れったくなった頃、やっと巽の舌が歯列を割って入ってきた。

熱烈に歓迎し、むしろ川嶋のほうから絡めていこうとしたが、躱される。

口蓋《こうがい》や頬の内側など、口内を舐《な》め回されて焦燥感が募った。思わず、彼の両頬を両手で挟み、軽く舌に噛みつく。

鼻先同士を触れ合わせて、双眸を細めた巽を恨みがましく睨んだ。

「焦らすのは、やめてくれますか」

「せっかちだな」

「巽先生がのんびりしすぎなんです」

「なんでも、腰を据えて楽しむタイプなんだ」

「今は、わたくしの言うことを聞くことが優先されます」

「そうだった」

「ならば、もっと激し……んんぅ」

突如、奪うように吐息が塞がれた。舌も根こそぎ引き抜かれそうに絡め取られ、何度も角度を変えて吸い上げられる。

飲み込み切れなかった唾液《だえき》が、川嶋の口の端からこぼれ出した。

どちらのものかわからないというより、混ざり合った唾液を飲まされて噎《む》せかけた刹那、視界が変わった。

手慣れた仕種でベッドに仰向けにされ、覆いかぶさってこられたのだ。

反動でバスタオルが取れて床に落ち、巽も裸身になる。わずかだが、反応を示す彼自身が目の端に映った。現時点でも、その気でいてくれているようだ。これで、異性愛者一辺倒の蓋然率は下がった。

そうはいっても、興味本位の可能性も否定できない。まだ、彼のセクシュアリティを断定するのは早計だ。

「催促したわりに、心ここにあらずだな。それとも、余裕の表れか」

「っは、あ……違いま…す」

「お互い、集中だ」

「言われ…なく、ても……っく」

絶妙な力加減で体重をかけながら、大きな手が股間《こかん》に伸びてきた。

つい反射的に閉じようとするも、巽の下半身が阻む。

「んっ…んぁん……ふ」

的確なポイントをついた扱《しご》きに、腰が揺れた。くぐもった嬌声《きょうせい》になったのは、キスが再度、継続中だったからだ。先のオーダーへ、忠実に応《こた》えるつもりらしい。

最初のソフトタッチなものとは真逆の矯激なキスで、呼吸さえままならない。いろんな口内愛撫《あいぶ》の合わせ技により、唇も腫《は》れぼったくなっていた。

欧米人に比べ、日本人はキスが下手との個人的見解を覆された瞬間だった。この間も、性器への刺激は途絶えていない。

陰嚢《いんのう》も揉《も》みほぐし、会陰《えいん》を指先で撫で、陰茎の裏側までくすぐってくる。

本体を抜かりなく、これでもかと弄《いじ》りつつ、それらを並行して行う器用さだ。いつの間にか、川嶋は半勃起状態に追い上げられている。

キスの官能成分も、濃度は増すばかりである。

押されっぱなしの川嶋が、キスの合間に制止の合図で彼の肩口をたたく。

「っん…うぅう……ゃ」

「うん？」

気づいてくれた巽がいったん、唇を離す。唾液が糸を引く様が艶《なま》めかしくて興奮を助長するも、弾む呼吸で訴えた。

「キス、は……もう……やめ…てくださ…っ」

「要望には、そえたのか？」

「ええ。…充分、です」

「じゃあ、今度はこっちに専念しようか」

「こちら……とは？」

「フェラチオだ」

「巽先生が⁉」

「嫌か？」

正直、できるのかというのが本音だ。今のところ、予想以上の巧みさを見せているが、異性相手や自慰で腕に磨きをかけた結果とも取れる。

しかし、口淫は経験がものをいう。お手並み拝見と思う傍ら、川嶋も負けじと対案を出した。

「…いいえ。では、わたくしも……いたします」

「それなら、こうするか」

「えっ」

不意に、体勢が入れ替わった。ついでに、身体の向きも転換させられた。

要は、川嶋は巽の顔を跨《また》ぐ格好で陰部を向けて乗り上げているのだ。そして、川嶋の面前には彼の屹立《きつりつ》があった。

恥部全開はともかく、後孔へ口をつけるといった予期せぬ状況だ。

張り切りすぎなのではと、無茶は禁物の意図を込めて名を呼ぶ。

「巽先生！」

「悪い。ここは、あとでだったな」

「そういう、意味でなく…」

「とりあえず、これを攻略しよう」

「んぁ…っ」

巽が躊躇なく性器を銜《くわ》えた。舌戯もさることながら、歯や、のどの奥まで駆使したハイレベルな口技に翻弄《ほんろう》されまくる。

危なく、極めかけるのを、何回も堪えた。

いったい、どこでこんなテクニックを覚えたんだと唸りたくなった。川嶋の奔放ぎみな過去の性体験でも、文句なくトップスリーに入る技巧派だ。異性相手のセックスの応用にしても、すごい。

一応、訊いたが、『企業秘密』とはぐらかされた。

対抗意識に火がつき、川嶋も彼のものを口に含む。サイズの問題で全部は入らなかったため、根元と睾丸《こうがん》は手を使って弄った。

吸陰も仕返したら、性感帯を直撃したらしく下腹部が波打つのを見て、ほくそ笑む。

先走りの独特な味も舌先に感じ、己のフェラテクが錆《さ》びついてないと実感する。

それらに気をよくして、芯を持ち始めている巽の先端にキスしながら言う。

「いきそう、なんですか？」

「どうだろうな。というか、さすがに巧いな」

「わたくしよりも先にいくのは、なしです。勝手にいった場合は、罰としてコックリングを装着します。つまり、巽先生の射精を、コントロールさせていただくんです。あとは、先生へのフェラチオもおあずけです」

「なるほど。行為中もS風味なわけか」

「なんですって？」

「おもしろい。そんなきみを快感で泣き乱れさせるのも一興だ」

「な？　…っあ、んう……く」

さきほど以上に、いちだんと強烈な快楽が川嶋の下半身全体を襲った。

すでに張り詰めている性器が、吐精したいと震える。そこに熱が凝縮し、今か今かと解放を待ち侘《わ》びる。

もはや、我慢も限界にきていた。巽に先んじて果てるのは、いくらか悔しくも、耐え切れない。というか、えもいわれぬ気持ちよさに逆らえなかった。

「は、ぁ……んんん…っ」

「いきたいなら、いっていい。それとも、延長希望か？」

「あっ…んっ、んっ……も…ぅ」

「ちなみに、きみが先にいこうが、罰則はない。ただ、やっぱり私の趣味で、もう少し焦らしてやりたくなった」

「や……巽先生っ…んああ」

飴《あめ》をちらつかせておいて、彼が鞭《むち》を揮《ふる》った。

コックリングでなく、指で性器の根元を縛《いまし》めて射精を堰《せ》き止められる。その上で、さらなる淫戯が炸裂《さくれつ》した。

先端に舌先を突っ込まれたり、陰嚢を舐め齧《かじ》られたりは甘いほうだ。

再度の啜陰、舐陰で身をよじっていると、ついには後孔が標的になる。まず内部へ侵入してきた舌が、過敏な粘膜をつつき回す。

間を置かず、指も入ってきて淫靡《いんび》な指戯が始まった。

「あっ、ふ…ぅん」

「腰をこんなに振って、淫《みだ》らだな」

「振った、ら……悪いん…ですか…っ」

「口のほうも、留守になってるが？」

「わかってま……ああっ……ぁん」

巽を絶頂へ導く努力は怠っていないのだが、如何《いかん》せん、専念できない。次々ともたらされる法悦に、川嶋自慢のフェラチオが途中で挫《ざ》折《せつ》に追い込まれていた。おあずけと、もったいぶっておいての体たらくだ。

忘れかけていた性感も完全復活を遂げ、取り乱していく。

時間を惜しまず、ゆっくりと馴らすやり方も惑乱に拍車をかけた。弱い箇所を暴かれたのちは、そこを中心に重点的に弄《もてあそ》ばれて、平静さを失う。

「っは…あっふ……んぅ、あ、あ、ああぁ」

「感度も乱れ具合も、秀逸と」

「ゆ、びを……離し…てくだ、さ……あぅ」

「まだだ」

「なん、で…っ」

「きみを泣かせたいから」

性器の縛めを解いてほしいと頼んだが、優しい声で断られた。腹いせに眼前の巽自身のつけ根を甘噛みした途端、脆弱《ぜいじゃく》スポットの連打という反撃に遭い、撃沈する。

あまりの快絶に、己の性器を彼の首元から胸板付近に擦《こす》りつけて喘《あえ》いだ。

なけなしの意地で、どうにか口淫を再開したくも、熱杭《ねっくい》に縋《すが》りつく様だ。こんなはずではなかったのにと臍《ほぞ》を噛む。

穿《うが》つ指の数が二本、三本と増やされて体内を弄《まさぐ》られるつど、はしたない声を漏らす。

「い、あ……悦《い》いっ…あっ、あっあ…ん」

「まだ、いけそうだな」

「んあう……や、嫌ぁ…っ」

「見たところ、嫌じゃないはずだ」

「だめっ…あっあ……んん」

四本目の指を呑み込まされても、柔軟に撓《たわ》んで内部が歓喜に打ち震えた。丁寧にほぐさ

れた賜物《たまもの》の反面、いよいよ川嶋の欲情はフルスロットル状態に陥る。

平常心を保てなくなり、本能が表に出てきた。巽が仕事仲間ということも、頭から飛んでしまう。

常の丁寧語ではなく、自《おの》ずと、素の口調が口をついて出る。

「も……いかせろ、よ！　頭が……おかしく、な…るっ」

「そうなってもらうために、励んでるからな」

「焦らし、すぎ……だ、し」

「まあ、たしかに、もういいか」

「さっさと……手を、離っ……ぅあああ!!」

すんなり要求が通り、性器の束縛が外された。凄まじい解放感で瞬時、川嶋は目の前が真っ白になる。

すべてを吐き出して、やっと人心地がつく。一時、瓦解《がかい》しかけていた理性が次第に戻ってきた。

ほどなく、今の吐精で彼の胸元あたりを汚したと気がつく。

自分のみがいって、巽をいかせることができなかった事実も無念だ。たしか、バスタオルがあったはずと、床に落ちたそれに手を伸ばしかけたときだった。またも、体勢を変えられる。

乗り上げたまま、ふたり同じ方向を向いた。しかも、上半身を起こした川嶋は両脚開脚中なので、濡《ぬ》れそぼつ性器周辺が丸見えである。

思わず両膝を倒す寸前、軽々と臀部《でんぶ》が持ち上げられた。

「なに、を…?」

「私も楽しませてほしくてな」

「だから、フェラをしてやる」

「あとでな。とりあえず、きみの中を堪能《たんのう》したい」

「ちょ……待っ…」

制止も虚《むな》しく、双丘が割り開かれ、そそり立つ熱塊の上に座らされる。

インサートをブロックしようと、川嶋は咄嗟に膝をシーツについた。百歩譲って挿《い》れるのはいいが、つけるものをつけろと注意する。

「私も健康体だ。心配無用」

「それとこれとは、話が別だよ」

「セックスが盛り上がれば、問題ないんだろう」

「問題ありでしょ。だいたい、僕がリードするって言ったはずなのに」

「さればこその、体位選択だが？」

「そ……やめっ…う、んく！」

塗り込められた唾液と巽の先走りのぬめりが、ローションの役割を果たす。

亀頭がめり込んできて焦り、侵入を拒もうとしたものの、両方の膝裏を掬《すく》われた。そのせいで踏ん張りがきかなくなり、楔《くさび》を受け入れるはめになる。

丹念にほぐされていたことが、かえって仇《あだ》となった。

「あ、っん……ああっ…あぁ…んゃ」

「きつきつだな」

「知ら、な……あ、んっんん……あっあああっ」

圧倒的な質量の熱杭が隘路《あいろ》を掻《か》き分け、悠然と奥へ進んでいく。今までの中でも、一番の大きさかもしれない。硬度もいい程合いで、力強い脈動もわかる。

そういう生々しい感触を直《じか》に感知するのは初めてゆえ、うろたえた。

慌てて身じろいで阻もうにも、弱点を突かれては、ひとたまりもなかった。

これで甘美を得られると学習ずみの媚襞が、意思とは裏腹に蠱惑《こわく》的な蠕動《ぜんどう》をする。

「や、あぅ……ふっんん…ん」

「しかも、半端じゃなく、まとわりついてくる」

「一滴、でも…中で、漏らしたら……損害賠償、請求だからな」

「これは不法行為には該当しないだろう」

「僕に…とっては、正真正銘……精神的苦痛だ！」

「顔射や、肌に精液を塗布するのはいいのか？」

「そ、それは、まあ……許容範囲、だけど…」

「それなら、きみが中出しを愉悦と受け取れるようにすればいいんだな？」

「ば……」

「だいいち、身体のほうはかなり飢えてるみたいだぞ」

「余計な……お世話…ぁ」

「まあ、私も人のことは言えないが」

「え？　…あ、っあ……んぁん…っ」

根元までおさめた巽が、ゆったりと腰を旋回させた。

連結部分もあらわで、川嶋が頬を戦慄《わなな》かせる。初心《うぶ》さは、失ってひさしい。恥じらいもさほど持ち合わせていないけれど、無防備なセックスは初体験とあり、戸惑った。

長らく忘れていた恥じらいで頬が熱くなる。

マナー違反の彼を睨めつけるも、悠々たる笑顔でこたえたふうもない。川嶋の話し方にも全然、違和感がなさそうだ。それどころか、さらに白々しく言う。

「きみのペースで、存分に腰を振り乱せる騎乗位だ。ぜひ、私をいかせてくれないか」

「…よくも、ぬけぬけと」

悔しまぎれに、思い切り結合部を締めつけてやった。端整な眉を微《かす》かにひそめて、低く呻《うめ》いた姿に溜飲《りゅういん》が下がる。

巽の言葉に乗るのは腹立たしいが、川嶋は攻勢に転じた。

「リクエストに応えて、僕がたっぷり……可愛がってやる」

「期待してる」

「中折れも……相応の、ペナルティを…科すからな」

「はいはい」

落ち着き払った態度がむかついたが、思い知らせてやると奮起する。

固い腹部へ手をつき、縦横無尽に腰を蠢《うごめ》かした。ぎりぎりまで性器を抜いて、一気に銜え込んだりという動作も繰り返す。ほかにも、関係を持った男をひとり残らず唸らせてきたあらゆる業《わざ》を用いた。

巽も心地よさげではあるものの、いまだ悠然といった佇まいだ。逆に、快楽地点へ屹立を擦りつけている川嶋のほうが、官能を引き摺《ず》り出されていた。

だんだん、なにもせずにいる彼に腹が立ってきてぼやく。

「う、っあ……ん、あなた…も……じっとして、ないで…動いて！」

「こうか？」

「あぁあ…ふ………ゃ、あぁっ…あっ」

「もしくは、こっちとか」

「どっちも……い、けど……少しは、手加減を…ぁ」

「そう言われてもな。こうも扇情的に締めつけられたら、手心を加えるのは難しい。努力はするが」

「じゃあ、抜き差し…以外で……僕を、満足させろ」

「たとえば？」

「乳首、とか……ペニスを…愛撫し……うわ⁉」

オーダーを出すやいなや、巽が腹筋を使って上体を起こした。胡坐《あぐら》をかいた彼の膝上に跨る対面座位の姿勢にさせられる。

唐突な体勢変化に穿鑿《せんさく》の角度も微妙に変じ、川嶋が呻いた。

恨み言をぶつけると、乳嘴《にゅうし》弄りのためと返されて頬を歪《ゆが》める。おまけに、その手際が達者かつ執拗《しつよう》で、巽をいかせるどころではなくなった。

「こら。腰振りはどうした?」

「んふっ…ぅう」

「おっと」

背後に倒れかけた身体が、力強く支えられる。川嶋も無意識に、両腕を彼の首筋に回してしがみついた。

左右の乳嘴は赤く腫れてひりつき、性器も幾度果てたか知れない。

顧みれば、巽はまだ一度も射精していなかった。かつて例を見ない、脅威的な遅漏男である。

「見た限り、現状は川嶋くんの指図不能と判じ、私がイニシアティブを取る場面か」

「ちが……あ、あ、嫌っ……やめ…!」

「ちっとも嫌そうじゃないし、正しい状況判断だと思うがな」

「ふああっ」

強靭《きょうじん》な腰使いで、下から突き上げられた。逃亡を図ったが、恥丘を鷲《わし》摑みにされて阻止される。その上、熟知ずみのウィークポイントを正確に擦り立ててくる。

殊更に脆《もろ》い部分を熱楔に狙い定められ、川嶋は動揺した。そこに、それ以上の刺激を受けつづけては、自分がどうなるか、自分でも不明だ。

数秒から数分、意識がなくなる程度は、これまでもあった。けれど、過去にこうも追い詰められた経験はない。

いきっぱなしになったことも、絶無だった。そんな事態だけは避けたくて、必死に抗《あらが》うも、巽の抽挿はやまなかった。

むしろ激化し、川嶋の要求外の愛撫も熱心に施す。耳朶《じだ》を食《は》まれたり、鎖骨や肩を齧られたり、素肌を痛いくらい吸われてキスマークも刻まれた。そのすべてが悦《よ》くて、身体中どころか、脳内も蕩《とろ》けそうになる。

さほど経たず、とうとう再び、今度は本格的に理性を失った。

「っあ、ああ……ん、もっと…ぉ」

「川嶋くん？」

「ぁ、あっ…んんっ……ぁん、ん……気持ち、い……ぃ」

「なにか別のスイッチが入ったか」

「んっ、んっ……ちゃんと、キスも、しろ」

「きみが舌を出すなら」

「いくら、でも。ほら……ふ、っんうん…」

川嶋のほうが顔の位置が高いので、噛みつくように巽へキスした。

彼の髪を両手で掻き回しながら、舌を絡めて吐息を貪る。すると、中の熱塊がなおも嵩《かさ》高《だか》になった。

ただでさえ、みっしり感があるところへの膨張に、甘い溜め息がこぼれる。

巽の唇を甘噛みし、恍惚《こうこつ》の面持ちを湛えて囁く。

「大き、くて……硬いって……すごい、な」

「それは、どうも」

「セックスも巧いし、遅漏だし。もろに……僕の、好みだ」

「……っ」

「んぁ…⁉ ま、た…?」

まだ嵩を増す余地があるのかという川嶋の問いは、淫声にすり替わった。内壁を攪拌《かくはん》する楔の躍動が要因だ。

巽の腹部との摩擦により、勃《た》っていた川嶋が精を放った。といっても、もう何回もいっているせいか量は少なく、濃度も薄い。

「く、あっ……あぁぁあ…！」

川嶋から僅差《きんさ》で遅れて、彼もようやく射精した。直後、熱い奔流が粘膜内を満たす。

なんとも言い難い感触に唇を噛んだ。直接、内膜をたたく精液のアタックは悦予だと、脳への刷り込みが完了する。

新たなる快感を知り、癖になりそうと細く甘い悲鳴を漏らす。

川嶋が我に返るより早く、視界がまたも変わった。

巽が身体を離し、川嶋をベッドに下ろして仰向けに寝かせたのだ。繋《つな》がりがほどけて、小さく鼻を鳴らす。注ぎ込まれた淫液が溢れてきて、息を呑んだ。後孔に力を込めようとした瞬間、おもむろにのしかかってこられる。

「た、つみ…せん、せ…?」

「どうやら、中出しを気に入ってくれたらしい。損害賠償請求はなしだな」

「え⁉」

「ということで、次は正常位でいこう」

「少し、インターバル……を…」

「悪いが、本番はこれからだ」

「あ、あっあ……んんんっ」

両腿を持たれ、精液が溢流《いつりゆう》中の孔に押し入ってこられる。

回復力のスピードに驚愕しつつも、快楽に弱い肉体は長かった禁欲期間を取り戻そうと悦びで身震いした。

休む暇は与えられず、二度目に突入されても、嫌ではなかった。

すでに、いきっぱなしになっていた川嶋は、三度目でドライオーガズムに達し、いっそう行為に溺《おぼ》れる。

公的な姿からは想像もつかない嬌態を、巽の面前で晒しつづけた。

最終的には意識が朦朧《もうろう》とし始めて、何回か気を失った。けれど、期せず絶倫だった彼に際限なく抱かれる。

いろいろと言われた気もするが、情欲に夢中で上の空だった。

最後のほうになればなるほど、記憶が飛んでいて覚えていない。


ふたり分の様々な体液にまみれた川嶋を、巽はバスルームへ運んだ。

ぬるめの湯を張った浴槽に意識のない彼を抱いて入り、肌を清める。体内の残滓《ざんし》を掻き出すべく後孔へ指を挿れると、弱々しくもがかれた。

「や……ぁ、ん」

「後始末をするだけだ」

「んん…ぅ」

唇を啄んでの囁きに、やがて抵抗がやんだ。時折、せつなげに眉を寄せる表情さえ、凄《せい》絶《ぜつ》に色っぽい。

「いい子だ」

己の声色が甘くかすれていて、相好を崩した。見なくても、鼻の下も伸びているのがわかる。そうなるのも仕方ないくらい、めくるめく官能的で刺激的な素晴らしい時間だった。

巽も遠慮なく川嶋へ吸痕《きゅうこん》を刻みつけたが、彼も負けていなかった。ばっちりとつけられた肩口の歯型を見て、微苦笑する。

アフターケアをすませ、素肌の水気を拭いて脱衣所を出た。

寝室に戻り、ベッドへ裸体を静かに横たえる。細身ながら手足が長く、バランスの取れた肢体だ。色が白いので、漆黒の髪とのコントラストも映える。

眠気でむずかる川嶋に在《あ》り処《か》を訊き、シーツは替えていた。今、彼と自分の下着類を洗濯中ゆえ、それが終わってから汚れたシーツを洗う予定だ。

時刻は現在、午前五時半過ぎである。季節柄、カーテンの隙間から、朝の陽射しが射し込んでいる。

ずいぶん長い間、没頭していた計算だ。そのわりに、快い疲労感はあれど、眠くはない。

それに引き換え、川嶋は回数がわからぬほどの性交で、気絶同然に眠りに就いた。

疲労困憊《こんぱい》ぎみの寝顔を眺めつつ、巽が口元をほころばせる。

昨夜の、突然すぎる誘いには、度肝を抜かれた。他方、自分と寝てもいいと思えるくらいの好意は持たれているようだと、満更でもなかった。

なんといっても、女豹《めひょう》ならぬ男豹ばりにセクシーさ満載の彼は圧巻の一言に尽きた。アグレッシブかつ貪欲《どんよく》に巽を欲しがる様も艶冶《えんや》で、色気の塊といえた。

まさに、『昼は氷の貴公子、夜は情熱のエロリーガル』といった風情だ。そんな姿に煽《あお》られて、我ながら暴走手前までいきかけた。

巽とて、川嶋の見た目と中身のギャップは、重々承知だった。

日中は、立て板に水の能弁な弁護士陣を、その板をたたき割って水を凍らせる勢いで蹴《け》散《ち》らす苛烈《かれつ》な性分だ。アメリカ育ちの彼が造語を解せぬのをいいことに、『超ドS黒船弁護士』やら『S弁』という暗号めいた異称もあった。

その異名と比例した禁欲的な雰囲気からして、性的方面は節制傾向との認識でいた。

まさか、こんなにも川嶋が貪淫《たんいん》とは、うれしい誤算だ。うれしさのあまり、彼同様しばらくぶりの人肌に、巽ものめり込んだ感がある。

抱かれながらも、S気質を遺憾なく発揮する点もいかにもで笑えた。

渋っていた中出しも俄然《がぜん》、気に入ったとみえる。二度目以降は、射精のたびに絞り取られた。

「いく、なら……僕の中で…だ。一滴も……漏らすなっ」

「劇的な宗旨替えだな」

「劇薬に…匹敵するエクスタシーを……教えた側が、ほざけ」

「まあ、これだけよがられたら、男冥利《みょうり》に尽きるが」

「いい、から……今度は…さっきより……奥に、かけろ！」

「いやらしくも、勇ましいおねだりを、どうも」

「誰、が……ねだっ……んあぁぁあ!!」

とにかく、川嶋はなんでもストレートに要求する。とても潔いが、内容がエロティックなだけに、こちらは昂《たか》ぶってしまう。必然的にセックスが熱烈になるも、なんとか己を制御しつづけた。

「セーブして、この状況かという気がしなくもないが」

自嘲《じちょう》ぎみに呟き、自らもそっと彼の隣に入る。ベッドのヘッドボードのクッションに、深くもたれかかった。

瞼を閉じた川嶋は、平素の厳しさがなりをひそめ、どこかあどけない表情だ。

眠り顔を見ているうちに、巽の記憶が過去へさかのぼった。

三年前、城阪からパラリーガルとして川嶋をつけられたときは、驚いた。アメリカ人のカリスマパラリーガルに影響されて云々《うんぬん》の事情と経緯を聞き、何事も白黒をつけたがる性分の彼らしいと納得した。

実は、川嶋とは初対面ではなかった。合併前の城阪・里見法律事務所へ勤めていた九年前に、巽がイェール大学のロースクールに留学した際、彼がいた。

アメリカ国籍の川嶋はJuris Doctor《ジュリス　ドクター》、略してJ.D.という課程にいる三年目の学生だった。片や、自分はMaster of Laws《マスター　オブ　ロウズ》、略すとLL.M.という留学生向けの課程に入った。つまり、アメリカ国内の学生は三年間、国外の学生は一年間の学習期間になる。

一見、後者が大変なようだが、そうとも限らない。

J.D.はロースクールに入学するまで、ほぼ法律の勉強をしたことがない者だ。

そもそも、アメリカの大学には法学部に相当するものがない。従って、多くは、まったく無関係の大学の学部へ進学して法曹とは異なる分野の学問を修めていたり、全然かかわりのない仕事に就いていた来歴を持つ。

一方のLL.M.は、母国等で大学の法学部並みの法学教育を受けている人々が対象者ゆえ、素地がある。

特に、日本人は法曹関係者、大企業の法務担当者がほとんどらしかった。

このロースクールで、川嶋と一年だけ同じカリキュラムを受けた。無論、授業は全部、英語で行われる。ゆえに、それなりの語学力がある者しか入学できないシステムだ。専門用語が加わる分、難易度は格段に増す。

そして、とある授業での学生同士のディスカッション中、巽は発言せず、彼らの白熱した討論内容を黙って聞いて分析し、検討事項を選《え》り分けていた。

別段、英語が不得手だったわけではない。議論に圧倒されてもいない。

単に、自分の疑問や言いたいことは、皆が代弁してくれた。そのため、あえて口を挟む必要性を感じなかったのだ。

すると、授業のあとにアジア系の青年が突如、巽のもとへ歩み寄ってきた。

これが、川嶋だった。LL.M.が対象のいくつかのゼミを除き、J.D.及びLL.M.の授業は、区別なく行われるが、殊に前者のほうは一学年に二〇〇人ほどの学生がいる。後者は五〇人弱だ。

全員の顔と名前を識別するよりも、学業を最優先した。結果、川嶋とも挨拶を交わす程度で互いに名前も知らず、ろくに話したこともなかった。

J.D.とLL.M.の交流を図る多様なイベントでも、巽は友人をつくらずにいた。

最大の理由は、面倒さが先に立った所以《ゆえん》である。膨大な量の英文の本を読んで予習をこなし、訴訟大国ならではの大量の判例も覚えなくてはならず、睡眠さえまともに取れない毎日ゆえだ。

だから、その手の行事のときは、社交をよそに居眠りに時間を費やした。

顔見知りなだけの彼が、不意に一冊の本を差し出す。視線を下げてみると、アメリカでしか出版されていない判例集で、巽が片眉を上げた。

図書館へ行っても、常に貸出し中で借りられずにいたものだ。書店で買うにも取り寄せの上、日数がけっこうかかるらしく、購入を迷っている。

そういう垂涎《すいぜん》ものの書籍を目の前にし、当惑中のところにつっけんどんな声が言う。

「これ」

「なんだ?」

たしかに、読みたいと思っていたが、又貸しはルール違反だろう。

てっきり、図書館の本と決めてかかり、順番はきちんと待つと告げると、違うと短く返された。

「僕個人の本だ」

「そうか。それで?」

「……っ」

やはり意図が汲《く》み取れず、巽は首をかしげる。その途端、眼鏡の奥の双眸に少々、苛立ちの色が宿った。

小さく舌打ちする音が聞こえたあと、川嶋が英語を日本語へ切り替えた。

不機嫌さを隠さず、睨み上げるようにして早口で述べる。

「全編、わかりやすい英語で書かれてる。読んで損はない。僕はもう暗記するほど読んだから、返さなくていい」

「いや。有益な申し出だが…」

「自己主張はしっかりしろ。黙っていても、この国じゃ通用しない」

「ああ」

「じゃあ」

「…って、おい！」

流暢《りゅうちょう》な日本語に、日本人なのかと思った。それ以前に、失礼なくらい感情表現がはっきりしすぎているやつだなと、おもしろくなる。

巽の内心を後目に、彼は判例集を巽の胸に押しつけて立ち去った。名前を訊く隙さえ与えないマイペースな登場と退場だ。

「……なんなんだ、今のは」

一方的に渡された判例集を手に、細い背中を見送った。しばらく経って、笑いが込み上げてくる。

なんとなく、川嶋の思惑が読めたせいだ。

おそらく、さきほどの授業中、終始無言でいた巽を、シャイで引っ込み思案な同邦人と考えたのだろう。周囲の積極的な学生に気圧《けお》されて、LL.M.の中でさえ畏縮《いしゅく》して見えたのかもしれない。

これでも読んで、議論に参加しろという彼なりの励ましと察する。勝気そうな青年だったが、こういう世話を焼くのだから根は優しいらしい。

「ありがたく拝読させてもらうか」

彼の勘違いから生じた厚意とはいえ、助かったのはたしかだ。

異国の地で、嫌いではないタイプの相手に親切にされて、心も浮き立った。

巽のセクシュアリティはゲイだ。初恋が幼稚園の男性教諭なので、自覚も早かった。しかし、この件で悲愴《ひそう》に悩んだ記憶はない。

深慮するも、巽は合理性を重んじる性質だ。従って、性的マイノリティも個性と早々に腹を据えたためだった。

巽の実家は田園調布《でんえんちょうふ》で、高祖父の代からつづく内科の開業医だ。家族は両親と、二歳上に姉がいた。近所に父方の祖父母もいて、行き来がある。母方の親族も代々、受け継いできた土地を用いて、神奈川の一等地を中心に手広く不動産経営をしている。

医師になれとの強要はなかった。ただ、幼少期より暗黙の了解で、長男の自分が家業を継ぐといった風潮は肌で感じていた。

医師になりたくないわけではない。単純に、ほかの職業に興味があった。

そのこともあり、己の恋愛対象が同性と確信した中学一年生時、姉に相談を持ちかけたら、あっさりとうなずかれた。

仲がよく、馬が合う姉弟だったが、桁《けた》違いの包容力に拍子抜けしたのを覚えている。

「あら、そう。紘克はゲイなのね」

「……うん」

「異性愛者と比べれば、世間の荒波に揉まれるでしょうけど、頑張って。できれば、イケメンをゲットしてちょうだい」

「…姉さん、怒らないんだな」

「なんで怒るの？　そりゃあ、びっくりしたし、複雑な思いも少しはあるわよ。でも、ゲイだろうと紘克は紘克だし、わたしの弟にかわりないわ」

「そうか」

「ええ」

あくまで、巽の意思を尊重してくれる彼女を尊敬した。勇気づけられ、もうひとつの悩みも正直に語る。

「あとさ。俺、将来、医師じゃなくて、弁護士になりたいんだ」

「さては、うちの顧問弁護士の藤生《ふじき》先生に憧れてるわね？　たしかに、若かりし頃の美しさを彷彿《ほうふつ》させる素敵な不惑のおじさまだものね」

「否定はしない。ただ、純粋に、医師以外で誰かの役に立つ職業に就きたいっていう気持ちもある」

「いいわ。巽医院はわたしが継いであげる。跡継ぎもつくるから、心配しないで」

「ありがとう」

「ただし、もし訴訟沙汰が起こった場合は、任せるわよ。藤生先生を凌ぐ超デキるキレっキレの弁護士になっておいてもらわないとね。あと、彼氏はきれい系のスレンダー美形限定。いいわね」

「どっちもハードルが高いけど、まあ、善処する」

どこまでも、姉はものわかりのいい、さばけた性格だった。とはいえ、両親へのカミングアウトはひと悶着《もんちゃく》あった。

最終的には姉が仲裁に入り、父母も渋々認めてくれたといった形だ。

姉との約束を果たすべく、巽は都内の有名私立大学法学部へ進学し、在学中に司法試験に受かった。

大学を卒業して二年間の司法修習を経て、城阪・里見法律事務所に入所した。

見込みがあると城阪に目をかけられ、三年後、イェール大学のロースクールへ費用は事務所負担で留学させてもらった次第だ。

姉も有言実行で医師になり、バリバリ働いている。年に一回、人間ドックとＳＴＤの検査は義務づけられていた。

蛇足ながら、歴代彼氏は姉の眼鏡にかなっていて幸甚だ。特段、巽は容貌で選んだわけではなく、フィーリングや中身が選考基準だった。

理論的な思考の持ち主で意思が強い人が、好みだ。年齢は年上でも年下でも、こだわりはない。

大抵は、じっくりと長くつきあう。最長記録は中学二年生から大学二年生までの七年で、あとは二、三年単位になった。

職場での評判と同じく、恋人にも本音がわかりづらいと言われる。もっと束縛や嫉妬《しっと》をしてほしいともだ。

元来、淡泊寄りの性分とあり、困惑しつつも努力はした。それでも、まだ足りないとか、仕事が忙しすぎて会えないことを不満に挙げられた。中には、すべてが完璧な巽ゆえに、自分なんかいらないのではと自己完結し、別れを切り出されるパターンもあった。

よくある『あなたはひとりで生きていける』という、あれだ。

無論、己は完全無欠な人間とはほど遠い。そう否定するも溝は埋まらず、性格の不一致はどうしようもないので、黙って応じた。

理想的な恋人と巡り会うのは、男女でさえ困難なのだ。性的マイノリティは、さらに天文学的数字で難関だろう。

川嶋はまさにその理想に近かったが、残念ながら当時は恋人がいた。

ロースクールまで毎日、彼氏らしき白人男性が迎えにきていて、睦まじげに帰っていく場面を何度か見ている。

だいいち、恋愛に現《うつつ》を抜かす暇は、巽にはなかった。アメリカへは勉強をしにきたのであって、結果を出さなければ城阪に合わせる顔がない。

以後は、川嶋とこれといった接触もないまま、米国法をみっちり学んでロースクールを卒業した。数か月後にニューヨーク州の司法試験を受けて合格し、無事に同州の弁護士資格を取った。

　同時期に、城阪が事業拡大を目指し、エリエル・ハバートの法律事務所と合併して、城阪・ハバート・里見法律事務所ができた。

　その新しいニューヨーク支所で一年間働いたのち、帰国の途についた。

　これを機に、実家を出てひとり暮らしを始めた。大崎にあるタワーマンションの十四階で、1LDKの間取りだ。駅にも近く、通勤も楽になった。

　帰国後、パートナー弁護士への昇格とともに、巽はいちだんと仕事に打ち込んだ。ようやく成果が出始めた折、まさかの同僚となってやってきたのが川嶋だ。

　城阪の執務室に呼ばれ、彼を紹介された際は、心底驚いた。

　パラリーガルとして働くという例外的措置以上に、思わぬ再会に目を瞠った。だが、さらに驚愕する事実が待っていた。

「ふたりは、ロースクールで一緒だったんだよね。仲良くやれそうかな」

「え⁉　そうなんですか？」

「……」

　忘却全開の口調で答えられて、苦笑が漏れた。約四年ぶりの邂逅《かいこう》ながら、川嶋は巽のことを覚えていなかったのだ。

基本的に、ロースクールのOBは卒業後も繋がりが深いが、巽は仕事にかまけて同窓会に一度も参加していなかった。それでは、すっかり忘れられていても仕方あるまいとあきらめる。

だいたい、なぜ彼を自分の担当にしたのかも謎だった。結婚退職した前任者のかわりを希望してはいたけれど、寝耳に水の後任人事だ。

後々、城阪に訊ねたところ、『巽くんクラスの頭脳と広い懐の主じゃないと、賢すぎて懐柔できない美猛獣でね』と笑って片目を瞑《つぶ》られた。

川嶋が聞けば、目を吊り上げて怒りかねない失礼発言ながら、巽も肯《がえ》んじた。

それはさておき、城阪が不思議そうに言い重ねる。

「あれ。違ったかい？　巽くん」

「…まあ、私の不徳の致すところと申しますか」

「ほほう？」

「どういうことです？　確《しか》と、おっしゃっていただけますか」

「なんでもない。気にしなくていい」

「本当でしょうか？」

「ああ」

胡乱げな視線を向けてくる彼に、巽は微笑んで首肯した。ロースクール時代も親しい交友はなかったのだし、初対面とたいして変わるまい。

追加フォローするなら、留学時と現在の巽では、外見がかなり異なる。その頃は、大学とアパートの往復だけとあって、カジュアルな服装がほとんどだった。スーツ姿で通学なんて、一度もない。

ポロシャツにジーンズとか、ブイネックのカットソーにチノパンといったいでたちだ。寒い季節も、ジャケット姿がせいぜいである。髪もセットせず、前髪を下ろしたナチュラルなスタイルでいた。

一日の読書量が甚《はなは》だしかったため、目に負担がかかるコンタクトレンズでなく、フレームが太めの黒縁眼鏡もかけていた。

きっと、だいぶん印象が違うはずだ。薄情だと川嶋を責めるのは酷だろう。それに、今後、新しい関係を築き上げていけばいいだけの話だ。

彼はまだなにか言いたげな顔つきだったが、城阪のほうが先に口を開く。

「ふむ。なにはともあれ、川嶋くんのことは任せたよ」

「わかりました」

「川嶋くんも、うちのホープとうまくやってくれたまえ」

「…承知しました」

追及はやめたらしく、川嶋がこちらへ向き直って軽く頭を下げた。

言葉遣いは丁重で、声も淡々としていて明確な温度こそない。けれど、あの日と同じ挑発的な眼差しに、巽の口角が自然と上がった。

喜怒哀楽をスーツの下に秘めた彼は、この四年で感情抑止術を身につけたようだ。

社会人なら当然なものの、微細な漏洩《ろうえい》に噴き出しそうになるのを堪えた。

「巽先生、よろしくお願いいたします」

「こちらこそ。川嶋先生」

「先生はやめてください。わたくしは、東京事務所では巽先生つきのパラリーガルですから」

「了解。じゃあ、城阪先生に倣って川嶋くんで」

「けっこうです」

以来、仕事をともにしてきて現在に至る。城阪が引き抜いてきただけあって、川嶋の有能さは抜群といえた。

輝かしい経歴は伊達《だて》でなく、確固たる実力を伴っている。

これまで以上に業務が捗《はかど》るし、やりやすくなった。所内のパラリーガルの地位や待遇面も、地道に改革中だ。

性格はきついが、弱者に対しては、相変わらず優しい。彼が本気で心をへし折るのは、巽から見ても、ポッキリいかれて当然の者が大半を占める。

仕事への姿勢が中途半端、自らの機嫌次第で担当のパラリーガルや秘書に当たり散らす弁護士等に限られた。昨日の高橋は、まさにそうだ。

鳴り物入りで入所した川嶋を煙たく思う連中は、そこそこいた。しかし、たとえ彼らが束になってかかろうと、敵《かな》う相手ではない。

それらの事情を知るゆえに、川嶋を慕う人間はわりと多い。

三年間、一緒に働いてみて、根本的には昔と少しも変わっていないと判明した。そんな彼に再度、巽の心が傾いていくのに、時間はさほどかからなかった。

川嶋と再会する半年前、恋人と別れたばかりの身だ。多忙ですれ違いの生活でいたら、寂しかったからと浮気されてしまった。

放っておいた自分も悪いと反省はしたが、関係修復はできずに別れた。

これ以後、独り身がつづいていたところへの、今回の誘いだ。

図らずも肌を合わせられた今、あとは、じっくりと根気よく口説けばいい。彼がフリーなことも確かめたので、九年前と違って障害はない。

「……ん」

寝返りを打った拍子に、細い肩から上掛けがずれ落ちた。肌寒いのか、巽のほうへ身をすり寄せてくる。

微笑ましい行動に双眼を細め、ベッド脇《わき》のナイトテーブル上のリモコンでエアコンの設定温度を上げた。

夏用の薄い羽毛布団をかけ直してやりつつ、軽く髪を撫でる。

「今度は確実に捕まえて、逃がさない」

「う…」

「俺に手を出した責任は取ってもらおうか」

いささか物騒な台詞を囁き、巽が上体を倒す。なにも知らず、昏々《こんこん》と眠る川嶋の目尻《めじり》にくちづけた。

公私ともに楽しい日々が始まる予感で、頬がゆるんだ。

週明け、川嶋は専《もっぱ》らけだるい下半身を奮い立たせて出所した。通常どおり、巽は先に来ている。

「おはよう。川嶋くん」

「…おはようございます」

疲労も見せず、彼は涼しげな顔で精力的に業務をこなしていた。心なしか、肌の艶《つや》がよくなった気さえする。

ダーク系でなく、珍しく明るいアッシュグレーの三つぞろえのスーツがそう錯覚させるにせよだ。己とは対照的な姿が恨めしくて、嘆息を堪《こら》える。

結局、先週末は二日間、巽との愛欲に耽《ふけ》った。土曜日の昼前に目が覚めるなり、またも快楽の時間が始まった。彼が帰った日曜日の正午過ぎまで、軽食と風呂《ふろ》とトイレ以外は、ずっとセックス三昧《ざんまい》という仕儀に、さしもの川嶋も疲れ果てた。

仕事に留《とど》まらず、夜も『ＢＨ《ブラックホール》』並みの底なしだった巽にげんなりする。その技巧家《テクニシャン》ぶりと、恐るべき持久力には本当に参った。

しかし、身体の相性は、過去に関係を持った誰《だれ》よりも抜群によかった。

彼にされた行為すべてが卓抜で、不本意だが病みつきになってしまった。一回限りですませるには、非常に惜しい逸材だ。

だが、同僚とあり、あまり深入りしすぎるのも躊躇《ためら》われた。

まして、職場にプライベートを持ち込むようで、気も引けた。かといって、二度となしも痛恨の極みだ。

川嶋が手をこまねいている間に、特定の相手ができない保証はなかった。それとも、巽も自分と同じで、恋人はつくらぬ一夜情人主義だろうか。

巽担当のパラリーガルについて以後、初めて、彼に個人的な興味を抱いた。

己のデスクへ座り、パソコンを起動させる。机上の書類を眺めるふりで、右斜め横にあるひと回り大きなデスクで業務中の巽を盗み見た。

今は引き結ばれた形のいい唇に、パソコンのキーボードをたたく指先に、信じられないくらいの淫行《いんこう》をされたのを思い出す。

幾度も彼を呑《の》み込んだ後孔がひくつきかけて、川嶋は意地で止めた。

仕事中だと自らを叱咤《しった》した瞬間、巽と不意に目が合う。不審者ばりに慌てふためいたり、視線を泳がせなかった自分を褒めてやりたかった。

彼のほうは、ちょうどいいとばかりに話しかけてくる。

「川嶋くん」

「はい」

「先週末に提出してくれていた、アーセニオトレードカンパニーの特許訴訟に関するドラフト後の報告書についてなんだが」

「なにか問題でも？」

「何箇所か、気になる点がある」

「どこでしょうか」

「まずは…」

不整脈を疑いたくなる勢いで乱れ打つ鼓動は微塵《みじん》も悟らせず、どうにか平静を保って答えた。仕立てのいいスーツの下の見事な裸体とかタフなセックスを脳裏によぎらせるなと、自らを戒める。

言われたことをポーカーフェースでメモし、再調査後にあらためて報告すると述べた。早速、取りかかる間際、なおも付加される。

「それと、宮薗合繊株式会社の案件、医療分野に強い外部の弁護士を確保できたと、城阪先生から知らせがきてる」

「わかりました。早急に、担当パラリーガルの選定をします」

「頼む。あと、私からの提案として、念のために知的財産権が専門の弁護士も、チームに追加しようと思う。そのセクションは所内にあるしな。若菜《わかな》先生でと考えてる。きみさえよければ、午前中のうちに打診するつもりだ」

「わたくしに異存はありません」

「そうか」

「一応、宮薗さまにも伝えておきます」

「ああ。よろしく」

用件を告げると、巽はすぐにパソコン画面へ目線を戻した。これ以降も、まるで何事もなかったように以前と変わらぬ態度を取られる。

変に馴《な》れ馴れしくされても困るが、なに食わぬ素振りを貫かれるのも微妙だ。

密《ひそ》かに心を乱しつつも、川嶋は業務を粛々と片づけていく。常の応酬をするうち、いつの間にか、終業時間になっていた。

なにか揶揄《やゆ》されるのではと身構えていたのに、一言も触れられずに肩すかしを食らった気分だ。

翌日も、翌々日も同様だった。なんとなく腑《ふ》に落ちないけれど、巽が言及しないものを、自分が話を振るわけにもいかない。あたかも、彼を意識していると受け取られそうで、気が進まなかった。

釈然としないまま、忙しくも充実した日々は過ぎていく。

巽と夜をともにしてから、気づけば十日が経っていた。本日も朝から、平常のルーティンで働き、パラリーガル仲間とミーティングがてらランチへ行く。

事務所に帰ってきて執務室のドアを開ける寸前、一瞬先に内側からドアが開いた。

咄嗟《とっさ》に、彼のスケジュールを思い浮かべる。この時間だと、昼食後に顧問先へ出向くところだろう。

脇に退《ど》くつもりが、双方が急には避けられず、川嶋は眼前の胸元にぶつかった。

よろめきもしないで受け止められたあと、上から声が降ってくる。

「すまない。私の前方不注意だ」

「いえ。わたくしのほうこそ…」

「大丈夫か？」

「ええ。申し訳ありませんでした」

顔を覗《のぞ》き込んで訊《き》いてこられて、巽を毅然《きぜん》と見上げて言った。

ぎこちなくならないよう身体《からだ》を離し、確認する。

「エリオン製薬さまに、お出かけですよね？」

「そうだ」

「行ってらっしゃいませ。老婆心ながら、申し上げておきますが」

「ん？」

「お昼を召し上がる際には、決して欲張らずに腹八分になさってください。満腹になって、注意力が散漫になるのも論外ですが、先方で居眠りなどもってのほかですので」

「ああ。というか、急遽《きゅうきょ》、打ち合わせの時間が繰り上がったんで食事を摂《と》る暇がないから、その心配は無用だ」

「え？　そんな連絡は…」

「つい、さっき入った。行ってくる」

「ですが、食べないのも、空腹で仕事の効率が下がりま……っ」

「きみは、デザートつきのランチでも食べてきたらしいな。チョコレート系か？」

「……っ」

川嶋の左口角の横を指先でつついて、巽が微笑《ほほえ》んだ。

たしかに、チョコレートとアールグレイのムースがデザートについていた。

反射的にハンカチを取り出し、指された箇所を拭《ぬぐ》う。間近で見なければ気がつかないレベルで、些少《さしょう》のチョコクリームがついていたようだ。食後に紙ナプキンで口元を拭《ふ》いたが、口角の部分だけ拭き取り切れていなかったとみえる。

「その店の料理は、美味《うま》かったか？」

「……ええ。まあ」

「今度、私も連れていってくれ」

「わかりました」

「じゃあ、留守を頼む」

「……お気をつけて」

ごく自然な動作で川嶋の髪を撫《な》でて告げたのち、彼が歩き出した。エレベーターホールに向かう長身を見送る。

最近、気のせいか、前よりもボディタッチの機会が増えた感がなくもない。

どこか、もの言いたげな眼差《まなざ》しで見られている感覚も同様だが、以前からこうだった気もするから悩ましい。

だいいち、なにもかもなかった体《てい》でいるくせに、不意打ちで触るなと思う。そのつど、あの夜のことを回想する身にもなれと内心で愚痴った。

物事をはっきりさせたがる性質《たち》でも、なにを明確にすればいいかが曖昧《あいまい》だ。

巽に件《くだん》の夜を揶揄されたいのか、感想がほしいのか。けれど、細部まで言が及べば、自分は確実に腹を立てるに違いなかった。彼に翻弄《ほんろう》されっぱなしで、見せ場がほぼゼロだったせいである。

だからといって、たった一度の情事にこだわるのも、らしくない。こんな事態は初ゆえに、ひどく苛々《いらいら》した。

執務室に入り、深呼吸して小声で言う。

「彼の接触に、セクシャルな意味はない」

鎮まれと呪文《じゅもん》のごとくリピートし、心身ともに己を落ち着かせる。

気軽に触れられるたび、反応しかける肉体と脳にこうやって言い聞かせていた。しかし、そんな努力も虚《むな》しく、日が経つにつれて、川嶋の身体は疼《うず》き始めてしまう。

まずいと思えば思うほど、飢餓感は募っていくばかりだ。

最も恐れていたエロス発作がと、ひとり頭を抱えて舌打ちした。

明らかに、巽とのセックスが呼び水になっている。

友人のグレンの場合は、物理的な距離もあって自制できた。現状は、すぐそばに巽がいる分、抑制が効きにくい。しかも、この獲物が極上の絶品と知る分、痩《や》せ我慢したくても襲いかかって喰《く》らい尽くしたくなる。

いっそ、粗悪品だったら、未練なく禁欲生活に戻れたのにと奥歯を噛《か》んだ。

されども、耐えなければと自らを必死に律する。気を逸《そ》らそうと、がむしゃらに仕事へ打ち込んだが、一週間ほどで限界が訪れた。

「やっぱり、だめか…」

誰にともなく恨み言を発し、デスクの椅子《いす》にもたれて天井を仰ぐ。

業務に支障こそ来《きた》していなくも、ミスをするのは時間の問題といえた。

そばに巽がいると、気が散る。今や、彼の声とか体温、香りを感じるだけで肌がざわめく始末だ。

面《おもて》に出さずにいるため、普段よりもきつく当たっている自覚はあった。ただ、いつまで保《も》つかが問題で、保たせる自信はない。

現在、元凶はミーティングで不在だ。もう一度、巽を誘う手もあれど、なんだか負けた気がして嫌だった。その上、思考が読みづらい男である。

前回はOKでも、今回はNGということもありえる。そうなると、互いに気まずいし、今後の仕事にも影を落とすかもしれない。

川嶋自身、断られて不愉快な思いをするくらいならば、ほかの手段を講じる。

眼鏡《めがね》を外して片手で目頭を押さえながら、呻《うめ》くように呟《つぶや》く。

「もはや、伝家の宝刀を抜くしかないな」

苦々しい口調になったが、心は決まっていた。そして、勤務を終えて退所した川嶋は、自宅に帰って夕食と風呂を早々にすませる。

ベッドルームに向かい、しばらくウォークインクローゼットを睨《にら》んだ。

バスローブ姿で腕を組み、ひとつ大きく息をつく。

やがて、おもむろにドアを開け、奥から、中型のケースを取り出した。これの中には、本来は使うつもりはなかった品物をしまっている。

万が一の事態に備えてアメリカから持ってきていた『コンフィデンシャル《機密事項》』ボックスだ。中身は、いわゆるセックストイズである。

言い訳するつもりはないが、自分で買ったわけではない。

日本への転勤を知ったグレンたちゲイ仲間が餞別《せんべつ》にと、おもしろがって大量にくれた品だった。

要するに、人間相手でなく、これらを用いてマスターベーションに励むのだ。リスクを負わずに欲望を満たせる手っ取り早い手法だろう。

よもや、こんな品々を使う日が来るとはと溜《た》め息をこぼす。

もちろん、こういうものの存在や利便性は知っていた。ところが、川嶋は道具類を取り入れたプレイを楽しんだ経験はなかった。

性行為は互いの身体だけで楽しむのが信条だからだ。とはいえ、うら寂しいだの、潤いがないだのといった不満は、今は贅沢《ぜいたく》にすぎる。

どちらかといえば、友人らに感謝しなければなるまい。

「…さて。どれでやるか」

箱に入った、あらゆる種類の淫具を矯《た》めつ眇《すが》めつ持ち、川嶋は真顔で悩んだ。

新品ばかりなので、使用方法が英語で書かれた説明書を片っ端から読む。昨今のセックストイズは機能面はもとより、素材や質感にもかなり凝っているらしい。実際に作動させてみたが、完成度は高い。

生半可な知識が正確に補完され、モチベーションも上がってきた。

とりあえず、陰茎を模した標準的な電動ディルドを選ぶ。

ベッドへ仰向けに寝て脚を開き、後孔にそれを挿入していった。バスルームにて、そこの事前準備は万端だ。

「んう……っく」

専用のローションと指でほぐしずみの秘処は、抵抗なく異物を呑み込んだ。

すかさず、もう片方の手に持っていたスイッチを入れる。弱から強、すべての段階を躊躇わずに試してみる。

「っふ、んん…ぅ」

規則的なリズムで、中のディルドが動き始めた。

体内での振動と蠢《うごめ》き方は及第点をやってもいいが、満足感は得られない。なぜだと考えて、実物にはある熱さや脈動がないせいだと思い至った。おまけに、もうひとつ重要な点に気づく。

手に取ったときは、けっこうな大きさとの所感だった。けれど、いざ受け入れてみるとそうでもない。

「あ…んっ……この、ディルド……巽先生のより、小さ…い」

アメリカで買ったはずなのに、なんたる期待外れと唸《うな》った。もしくは、巽のペニスがアメリカンサイズをも凌《しの》ぐスペシャルクラスなのかと歯噛みする。

長さも、彼が突きまくっていた深部まで完全には届いていなかった。ならばと、川嶋が使用中のそれを引き抜いて別のものと取り換える。

今度は、異様な突起物がついたディルドを、果敢にも挿《い》れた。

「くぅ……あっあ…」

これも、やはり巽よりは短いが、太さはエクセレントだ。突き出た部分がまんべんなく内壁を捏《こ》ね回した。その蠢動《しゅんどう》も何パターンかあり、なおかつ不規則なため、どこを弄《いじ》られるか予想がつかずに悦《い》い。

「んっ、あ…ぁ……ん」

しかし、一定の時間経過とともに、マンネリに思えてきた。たぶん、動きのバージョン数が無限ではないせいだろう。

「…う～む」

イレギュラーな蠢きすら読めてしまうようになっては、楽しみも半減だ。

射精にしても、己で性器を扱《しご》く必要が出てきた。

たまに後ろの刺激だけでいくも、あの絶頂感とは雲泥の差だ。まして、粘膜内に精液をたたきつけられる恍惚《こうこつ》感は、自慰では得られずに残念極まる。

それでも、なにもせず悶々《もんもん》と過ごすよりは、ましだった。コンフィデンシャルボックスの封印を解いた川嶋は、この日を境に毎晩、自慰に勤《いそ》しんだ。

ある晩はアナルバイブ、翌日はアナルボールにアナルビーズの組み合わせ、ときにはエネマグラへも手を出す。

結果、五日ほどで、箱いっぱいのセックストイズを制覇した。

結論からいうと、どれも川嶋を心から充足させてはくれなかった。吐精はできても、虚しさが込み上げてくる。

性的欲求の解消は一時的に叶《かな》うにせよ、フラストレーションは溜まる一方だ。

「う、んん……最悪だっ……生殺し、ばっか…り！」

ベッドの上で、不完全燃焼に悶《もだ》えて文句を言いながら、考えるのは例の夜だ。

幾晩、自慰をしても、無意識に巽との夜と比べてしまう。手を動かし、息を弾ませつつ、全部の淫具に辛口レビューもつけていた。

「パワーマックスで……この動き、って……ふざけてる…のか!?」

「こっちの……ローターは、巽先生の……愛撫《あいぶ》と比較すると、生ぬる…い」

「アナル、関連…グッズも……どれ、も……もの足り、ないしっ」

「僕の……肛門括約筋と……アナル内部の威力を……見くびるにも…ほどが、ある。モニターは…どれだけ、尻《しり》の感度が……鈍かった、んだ!!」

「いっそ……オーダーメード、で……巽先生サイズの…ディルドを……つくるか？」

等々、クオリティにさんざんけちをつけた。既存のセックストイズで快感を享受している愛用者や、製造者の心を折りまくる苦情だらけだ。

自身の要求が無謀とは思いもしない。その反面、自慰を重ねるごとに、巽について案じることが多くなり、そんな自分を訝《いぶか》った。

彼に惹《ひ》かれているのではと自問自答し、まさかとかぶりを振る。

「いや。断じて違う。単に、身体だ。あとは、究極のテクニック！」

「なにか言ったか、川嶋くん」

「……っ」

「ん?」

巽の声でハッと息を呑み、仕事中だったと自己嫌悪に陥る。

企業再編の案件であるクライアントから送付されてきた書類を手にしたまま、思考を脱線させてしまった。彼との最終確認協議前に、目を通していた途中だ。

今日中に法務局へ提出する予定のものなのにと、胸裏で息をついた。

顔色はまったく変えない。速読でひととおり見たところ、問題はなさそうと判じ、巽に告げる。

「はい。MIT情報サービスさまから、株式移転に関する書面が届きましたので、ご確認をしていただきたいと存じます」

「ああ。了解」

「お願いいたします」

「電話を一本かけたあと、すぐに見る」

「わかりました」

書類を巽のデスク上に置いておくよう指示されて、川嶋は立ち上がった。

おかしな仮定を膨らませていたから、思い切りばつが悪い。なるべくなら近づきたくないが、そういうわけにもいかなかった。

平静を装い、故意にクールな発言もする。

「そちらは、本日中の法務局提出を見込んでおります。長電話は慎んでください」

「今、何時だ？　…三時半過ぎか。二十分以内ですませる」

「タイムオーバーの際は、ご自身で法務局へ行き、パラリーガル全員に美味《おい》しい手土産《みやげ》を自腹で買ってきてもらいます」

「はいはい。いつ何時も、清々《すがすが》しいSっぷりだな」

「え？」

「さて。電話と」

なにっぷりですってと訊《たず》ねたが返答はなく、眉《まゆ》をひそめた。

別のクライアントと話し始めた巽の邪魔もできず、引き下がる。十五分弱で通話を終えた彼が、書面を確かめた。

法務局が閉まる午後五時の十分前に無事、書類を提出できた。

事務所へ戻った川嶋は、定時まで業務に没入した。六時になり、退所の準備を行って、巽に挨拶《あいさつ》する。

「巽先生、お疲れさまでした。お先に失礼いたします」

「お疲れ」

恬淡《てんたん》と見送られ、執務室を出た。彼は今日も残業だ。

川嶋より遅く職場に来たり、早く帰る姿を東京事務所にいる間に、一回は見てみたい。

そういえば、あの夜も、巽が寝ているところは見なかった。

フェラチオをされ、貫かれ揺さぶられて、毎度気がつくといった具合だった。

バスルームで後始末の途中、また中を濡《ぬ》らされたのも片手の指では足りない。

「……それ以上、思い出すな」

諸々《もろもろ》、危険すぎると回想に急ブレーキをかけた。エレベーターに乗って一階へ下り、セキュリティゲートを通ってビルをあとにした。

まだ九月も半ばというのに、今年は例年ほど残暑が厳しくない。

朝晩のみならず、日中もわりと過ごしやすい気候だ。かわりに雨が多く、湿度が高いがと思いながら、夕食のメニューを考えた。

外食ですませるか、なにか買っていくか。あれこれ思案する段で、思考が逸れた。

自宅の近所にある惣菜《そうざい》店に寄ろうと決めた矢先、背後から声をかけられる。

「川嶋さん」

「?」

歩を止めて、振り返った。ワイシャツに紺色のネクタイ、茶系のスーツを着た、まじめそうな男性が立っている。

顔立ちは可もなく不可もなく、年齢は三十歳前後だろうか。自分と同年代に映った。肩幅が広いため、がっしり体型に見えるも、身長は川嶋と大差ない。

職業柄、一度会った人は忘れないほうだが、目の前の青年に見覚えはなかった。にもかかわらず、自分の名前と顔が一致しているのが気にかかる。とはいえ、絶対に知らない人間とも言い切れない。

稀《まれ》に、巽に同行して顧問先を訪れる。その際、訪問先の社員に一方的に覚えられている可能性もあるからだ。

あらゆる想定をしつつも訝る川嶋に、見知らぬ青年が再度確認する。

「川嶋賢太郎さんですね」

「…そうですが、どちらさまですか？」

「それらを含め、お話があります。怪しく思われるかもしれませんが、お時間はさほど取らせませんので、わたしと一緒に来ていただけませんか」

「………」

「お願いします」

愛想のいい語り口で示されたのは、事務所が入ったビルから徒歩で五分の距離に立つシティホテルのラウンジだった。

川嶋も数度、ランチやクライアントとの打ち合わせで行ったことがある。

無視したくも、せめて名前を知られた経緯は聞かねばならない。タイミングよく現れたのも待機されていた確率が高いとなれば、余計にだ。

警戒姿勢は崩さぬまま、川嶋が青年の求めに応じる。

「できるだけ、手短にすませてください」

「はい。突然の不躾《ぶしつけ》な申し出を聞き届けてくださり、ありがとうございます」

「面識もない人間に待ち伏せされるのは、気味が悪いですから」

「恐縮です」

軽い先制攻撃で棘《とげ》を刺したが、台詞《せりふ》のわりに彼は悪びれていなかった。ますます油断できぬ相手だと、気を引き締める。

ほどなく着いたホテルのラウンジは、時間帯のせいか満席に近かった。

黒服のウエーターに案内された席に、向かい合わせで座る。無難にコーヒーを頼んだ川嶋に対し、青年も同じものを注文する。

川嶋はスーツのポケットからハンカチを出して、片腿《かたもも》の上に置いた。

冷水が入ったグラスの横に、おしぼりはあるものの、いつもの癖だ。それを見計らったように、名刺が差し出される。

「田崎さん…？」

小さい顔写真つきの長方形の紙片には、アルファスカウトエージェントとの社名と田崎幹彦《みきひこ》という名前、スカウトエージェントの肩書きが記されていた。

会社名は不知だが、名字は聞き覚えがあった。巽宛てに、週に二、三回は電話をかけてくる人物である。

電話越しで聞くのと、直《じか》に耳にする声が多少違っていて、わからなかった。そして、巽が理由をつけて出なかったのも得心がいく。

田崎の職業がスカウトエージェント、つまりヘッドハント要員だったからだ。

彼ほど有能な弁護士ともなれば、引き抜きの話があって当然である。むしろ、引く手あまただろう。川嶋が知らないだけで、今までも、この手の誘いが降るようにあっておかしくない。

一応、青年の身分は判明したにせよ、川嶋に近づいてきた目的は不詳だ。己の名刺を渡すかどうか考えあぐねていると、各々にコーヒーが給仕された。

ウエーターが優雅に一礼して去ったのち、おもむろに田崎が口を開く。

「川嶋さんには、お電話でお世話になっております」

「そのようですね」

「いつも、巽さんとは話せずに空振りですが」

「申し訳ありません。巽の在席時間は限られておりまして。在席中も、クライアントと連絡を取ったりと多忙なもので」

居留守を使われているのは承知と言わんばかりの表情だ。あれだけ袖にされていれば、さもありなんだが、川嶋も素知らぬふりを貫いた。

所外の人間へ、馬鹿正直に真実を伝える義理はない。

「とんでもない。まあ、巽さんご本人とお話しできるのが、一番いいんですがね。なにしろ、電話にも出てくださらない。お会いしたくても、帰宅時間が毎日バラバラで捕まえられずに苦労させられていますから」

「左様ですか」

「わたしも、ほとほと困っているんです」

「お気の毒とは存じますけれど、わたくしにおっしゃられても、それこそ困ります」

薄々、田崎の狙《ねら》いに見当がついてきた。本命の巽に辿《たど》り着くための苦肉の策で、川嶋を取り込む処置に出たといったところか。

予想に違《たが》わず、仲を取り持ってほしいと正面切って依頼された。

「そうおっしゃられましても…」

「あなたは、巽さんの最も近くにいる方です。お願いできませんか？」

「近くと申せど、わたくしは一介のパラリーガルです。立場的にも、いわば上司といえる巽に、意見はしかねます」

「ご謙遜《けんそん》を。日本の弁護士資格はともかく、川嶋さんもアメリカでは立派な弁護士でしょう。しかも、華々しい経歴をお持ちだ。立場云々《うんぬん》は関係ないはずですよ」

「………」

やはり、最低限の下調べはついているかと胸裏で嘆息する。果たして、どこまでの個人情報を入手ずみなのか、微《かす》かに目を眇めた。

田崎の出方を見極めるため、注意力を極限まで高める。そんな川嶋をよそに、意味深な笑みを口元に刷《は》いて言い添えられる。

「もちろん、ただでとは申しません。川嶋さんにも、それなりの報酬をお約束します」

「？」

無言で先を促すと、どこか得意げに彼がつづけた。

いわく、巽とは別の職場になるが、国内でも大手と名高い法律事務所に、海外弁護士として紹介できる用意がある。無論、今の事務所よりも好条件での交渉が前提だとか。

要は、巽ともども、川嶋も引き抜く算段でいるのだ。

ただし、川嶋の折衝は本決まりではないニュアンスが漂う。だいたい、城阪・ハバート・里見法律事務所と自分が交わした雇用形態の詳細は、さすがにわかるまい。そこを知りもしないで、フライングじみた話の持ちかけ方は軽率に思える。

城阪の誠意的なネゴシエーションとは、正反対だ。

そもそも、川嶋にその気はなかった。五、六年先は未定だが、現時点においては、現在の職場環境と報酬に満足している。

たぶん、巽もそうだから、田崎を相手にしないのだと察する。

なにより、ここで自分が仲介を引き受けたら、巽を売ったことになる。あいにく、それほど恥知らずな性質ではなかった。

だったら、話は簡単だ。辞退すればいい。眼鏡のつるを指先で押し上げたあと、川嶋が淡如とした口調で述べる。

「せっかくのお声がけですが、わたくしに関しては、今回のお話に取り立てて興味はございません。よって、この場にて正式にお断りさせていただきます。巽の件も、わたくしには関係のないことです。ご自身でどうにかなさってください」

「…そうきますか」

「はい。あしからず」

「巽さんに劣らず、手強《てごわ》いですね」

苦笑まじりの田崎に一揖《いちゆう》し、席を立ちかけた。その川嶋を引き止めるように、含みを持たせた彼が言う。

「こんなことは本当はしたくないのですが、仕方ないと判断します」

「田崎さん？」

「どちらからも色よい返事をもらえないのは、弊社及び、わたしとしても立つ瀬がありませんので」

「⁇」

深長な前置きに片眉を上げた。どういう意味か川嶋が訊ねる前に、田崎がテーブルに身を乗り出す。

わざとらしく周囲を憚《はばか》った態度で、わずかに声量を下げて告げる。

「川嶋さんは、いわゆるゲイだそうですね」

「………」

「性的指向は千差万別ですし、個人的には偏見もありません。ただ、わたしの知人に、雑誌記者がいるんです。わりと大手の出版社に勤めていまして、手がけている雑誌もけっこう有名で」

「…なにが、おっしゃりたいのでしょう?」

不穏当な発言をしてきた相手を凝視し、ゆっくりと座り直す。

スカウトエージェント会社も、種々雑多だった。おおまかに、三種類に分類される。

ひとつは、法律を決して逸脱せずに紳士的な交渉を主とする会社、ふたつめは、合法的な範囲でのみ強引な手法を取る会社、最後は違法行為も厭《いと》わない会社だ。

どうも、田崎が属す組織は、三番目らしかった。

足止めに成功した事実に調子づいてか、さらに彼が饒舌《じょうぜつ》に話し始める。

要約すれば、巽に繋《つな》ぎをつけてくれないのなら、川嶋のセクシュアリティを知り合いのライターにリークするという。

「国内でも屈指の大手法律事務所で、ゲイが働いているのは、世間のちょっとした関心を引きそうですよね」

「………」

口調はやわらかくとも、内容は完全に恫喝《どうかつ》だった。人の弱みにつけ込んで、言うことを聞かせるシンプルで卑劣な手口だ。

しばらくの沈黙を経て、川嶋が静かに問う。

「それは脅しですか？」

「いいえ。あくまで、推論に基づく想定です。仮に、あなたの記事が載った雑誌を読んでも、なんとも思わない読者もいるでしょうしね。マスコミをマスゴミと称して、掲載された情報をいっさい信じない人々もいますし」

「逆に、真に受ける方々もおいでなのでは？」

「ですから、想定と申し上げているんです」

「詭弁《きべん》に聞こえますが」

「滅相もない。弁護士さんを脅すなど、なおさらですよ」

「……」

厚顔無恥も甚《はなは》だしく言い切った田崎に、無表情の裏で内心、悪態をつきまくった。

事の発端は、とある大企業に巽のスカウトを頼まれたことらしい。以来、ヘッドハントすべく四か月前から動いているが、失敗の連続だとか。そのため、手段を選んでいられなくなり、巽の身辺を興信所のみならず、探偵も使って調べた。

そこで、川嶋の存在を知り、川嶋を利用して引っ張り出す案をひらめいたそうだ。

どのスカウトエージェント会社も、興信所は用いると思われる。だが、探偵はあまり聞かない。そのあたりに、田崎の執念が窺《うかが》えた。

非合法な手立ても意に介さぬやり口で、期せず、川嶋もなかなかの履歴主なのが判じ、一挙両得だったとの顚末《てんまつ》だ。

自分の場合は、アメリカまで探偵と社員を派遣したと聞き、よくやるなと呆《あき》れた。大学やロースクールの友人・知人から、セクシュアリティは漏れたようだ。

就職後はともかく、当時は家族以外には隠さずにいたので、ばれても無理はない。

肝心な巽のほうは、収穫なしらしくてお粗末すぎる。

たとえ同僚でも、こうやって第三者に情報を軽々しく話すのもモラルを疑うが、川嶋は現状が知れてありがたかった。

巽が女性と会うつど、密会現場かと期待するも、相手はクライアントや姉、友人の妻といったおちらしかった。

彼の自宅に出入りしたり、会っている特定の女性は現況でいない。職場と自宅マンションの往復だけで、休日は出かけてもジムか実家だとか。異性の影がなく、典型的な仕事人間の面が浮き彫りになった。

よもや、巽も川嶋と同類ではと、そちらも探った。けれど、証人となる元彼氏の同性は、どんなに捜しても見つからなかったという。

口が堅い相手ばかりとつきあっていたのか。あるいは、交際中も誠実、別れ方も上手いから根に持たれないのか。そもそも、ゲイではないかだ。

唯一、内偵中に連泊した先は川嶋宅で、『まさか⁉』と今度こそ意気が揚がったものの、巽と川嶋に恋人らしき雰囲気は欠片《かけら》もない。

泊まったのも、あのときだけだ。そうなると、単純に仕事絡みでの宿泊と結論づけるしかなかったらしい。

つまり、巽にはつけ入る隙《すき》がないわけだ。

あれだけの激務と並行し、恋人をつくるのが難しいのは、身をもって知っている。

巽を再び誘わなくてよかったと、川嶋は密かに胸を撫で下ろした。エロス発作の誘惑に屈して、彼をたびたび家に連れ込んでいたら危なかった。

しかし、自分が巽を引き摺《ず》り出す餌《えさ》になっているのは事実で、不本意だ。

無論、ここで田崎を容易《たやす》く返り討ちにもできる。ただし、ほかにどんな秘策を隠し持つかわからぬ状況だ。迂闊《うかつ》な行動は取れない。それに、彼の所属するスカウトエージェント会社についても、詳しく調べる必要があった。

なにより、雑誌にリークされて事務所に迷惑をかけたくなかった。城阪を筆頭に、巽や多くの同僚たちの面目を潰《つぶ》すことは避けたい。

従って、川嶋はこの場はおとなしく引き下がると決めた。

心中は怒り心頭だったが、平心の仮面をつけて冷然と返す。

「…前言は撤回いたします。そして、いったん持ち帰って、わたくしの件も含め、巽と相談してもよろしいでしょうか」

「もちろんですとも」

至極、満足げに双眸《そうぼう》を細めて、田崎がうなずいた。

自身の人生について、五秒に一回は発作的に憂えるくらいの壊滅的な心的ダメージを容赦なく与えてやりたい欲求を、懸命に堪える。

ポケットにハンカチを戻す川嶋へ、彼がつけ加えた。

「では、お返事は一週間後に」

「わかりました」

「さきほど差し上げた名刺の電話番号まで、ご連絡ください。朗報を待っています」

「……失礼いたします」

ハンカチにかわって財布を取り出し、自らの分のコーヒー代として千円札をテーブル上に置いて、席を立った。釣りはいらないと呟き、通勤鞄《かばん》を手に踵《きびす》を返す。

ラウンジを出てロビーを通り抜け、ホテルの玄関から外へ出た。

厄介な問題が生じたと奥歯を噛みしめる。できれば、巽に手間を取らせず単独で片づけたいが、彼もかかわっているので無理だ。

ヘッドハントについて、本人の意思をきちんと確かめる必要もある。

脅しに関しては、警察へ届けるにも、まだ被害が出ていない段階では取り合ってはもらえない。説明にあたり、己のセクシュアリティを話すのも、勘弁願いたかった。勤務先を知られることも好ましくない。

この日の夜は、さすがに自慰どころではなくなった。緊急時用にと、巽の私的な連絡先は知っている。

一瞬、電話しようかと迷うも、やめた。とりあえず、自分で対抗策を練る。田崎が勤める会社のデータも、インターネットで可能な限りリサーチしなければならない。

それらのせいで頭と目が冴《さ》え、ほとんど眠れなかった。

睡眠不足のまま、川嶋は翌朝、通常どおりの時刻に出所した。まずは、メールチェック等の必要な通常業務を始める。

ひと段落し、早速、巽へ田崎の一件を話そうと試みた。

「巽先生。少々、お時間をいただいてもよろしいですか？」

「急を要する用事か？」

「…いえ。そこまでではありませんが」

「じゃあ、あとにしてくれ。里見先生に呼ばれてる」

「……承知しました」

「行ってくる」

悪いなというように、二の腕付近へ優しく触れて出ていく。びくりとなりかけた己を、全力で止めた。

不意のボディタッチはぜひ、やめてほしかったが、理由を問われると困るので注意できずにいる。とはいえ、今日に限って、ミーティングがいつも以上に重なっていた。彼の外出もスケジュールに入っていて、すれ違いがつづく。

「こういうときに限って…」

苛立たしげにひとりごち、時間ばかり気になった。

話の内容が内容だけに、他者の耳目がある場所では言えない。

執務室でふたりになった際に、切り出すのが最適だろう。出所時に話せばよかったと悔やんだが、朝の忙《せわ》しいときに仕事の片手間に話せるような話題でもないと気を取り直す。

だいいち、川嶋自身も多忙な身の上だ。巽に暇ができるのを、悠長にじっと待ってはいられない。

じりじりしながらも、表面上は冷静さを維持した。業務もそつなくこなす。

午後四時を過ぎた頃、川嶋はやっと閑暇を得た。

予定では、もうすぐ巽も出先から帰ってくるはずだ。その後は内勤にしろ、また城阪や里見に呼び出されてはたまらない。

先に捕獲せねばと奮い立ち、出迎えにいくことにする。

エレベーターに乗り、階下へ向かった。一階に着き、広いエレベーターホールを抜けてセキュリティゲートの手前まで来た瞬間、川嶋の足が止まる。

視線の先、ビルの前に見慣れた長身がいた。ひとりでなく、クライアントの宮薗篤子と一緒だ。

硝子《ガラス》張りの壁ゆえ、談笑中の楽しげなふたりの様相がよく見えた。

今日の訪問先は、宮薗合織株式会社とは違った。ならば、なぜ彼女といるのかと眉をひそめた刹那《せつな》、肩をたたかれる。

「どうしたんだい、川嶋くん？」

「城阪先生」

振り向くと、柔和な笑みを浮かべた城阪と目が合った。

同フロアに入っている顧問先の企業の相談を受けた帰りに、ちょうど通りかかったとい普段は事務所運営を担う城阪だが、数件は顧客を持つ。今、訪れていたのも、それらのうちのひとつである。

旧知の間柄のところが大半らしい。折を見て、宮薗合繊株式会社のように、後進へ引き継いでいくつもりだとか。

「退所には少し早いね。誰か、重要なクライアントがおみえになるのかな?」

「…いえ。用事のついでに、巽先生を迎えにあがっただけです。そろそろ、お戻りの時間でしたので」

「そうかね。うまくやっているみたいでなによりだ。…おや?」

城阪も、巽と宮薗に気づいたとみえる。悪戯《いたずら》っぽい表情になり、川嶋のほうへと身を寄せて囁《ささや》く。

「ああやって並ぶと、美男美女だから似合いだね」

「ええ。まあ…」

「巽くんは仕事熱心で優秀だが、入所以来、浮いた噂《うわさ》がなくてね。所内の女性の中には、謎《なぞ》めいた部分が素敵とかで憧《あこが》れる子もいるようなのにな。想いを打ち明けられることも、多々あると聞く。ぼくから見ても魅力的な人もいたにもかかわらず、いまだ誰ひとり落とせぬ難攻不落の男だよ」

「…初耳です」

城阪情報によると、現在も月に二、三人のペースで告白されているそうだ。

同性の多くは『BH』な特徴を畏怖《いふ》し、異性はチャームポイントと解するのだとすれば、両者の乖離《かいり》と女性の逞《たくま》しさに瞠然《どうぜん》となる。巽の端整な容貌《ようぼう》に加え、断り方や断ったあとの接し方が紳士的で大好評なのだという。

川嶋が把握できていないのも、当然だった。彼女たちは、川嶋のいない終業時間後に訪れていたからだ。

「東京事務所は、ちょっとした『巽ファンクラブ』になりつつあるねえ」

「言語道断ですね。たるみ切っています」

女性秘書とパラリーガルを中心に、綱紀粛正を徹底せねばと断言する。巽本人にも、注意したほうがいいか考えていると、城阪が呑気《のんき》に訊ねてくる。

「川嶋くんなら、知ってるかね?」

「なにをですか」

「巽くんが単なる秘密主義者で、実際は彼女がいるのか。そのへんは、なにか聞いてないかな?」

「…残念ながら、プライベートは存じ上げません」

「ふむ。だが、年齢的にも、そろそろ身を固めていい頃合だと思わないかい？」

「……そうですね」

「まあ、年寄りの余計なお節介だがね」

微笑ましい私見からも、彼が巽に抱く期待や好意が伝わってきた。それとは裏腹に、もやっとした心境を川嶋は覚える。そんな己に、自分でも驚いた。その直後、宮薗へ持った感情が、嫉妬《しっと》だとわかって息を呑む。

「……っ」

まさかと否認するも、根拠がなかった。なにせ、いつもなら、どっちつかずな気持ちの状態を嫌い、さっさとけりをつけるのに、ずるずると引き伸ばして現状に至る。

どれだけ記憶を辿っても、これまでにはない珍現象だ。

自慰の最中も、彼との夜ばかり反芻《はんすう》した。些細《ささい》な接触にも敏感になり、業務への集中力を欠くほど動揺していた。ゆえに、ランチへも何度か誘われていたが、別セクションのパラリーガルとのランチミーティングを理由に辞謝をつづけている。

極めつきは、昨日の田崎のことだ。職場というより、巽を煩わせたくない意思が最優先に働いたのを思い出す。

むしろ、すべてが否定を否定する材料の補強になっていた。

自分で自分に追い打ちをかける真実へ行き着いてしまい、がっくりきた。

心当たりがいちいちありすぎて、頭が痛くなる。一夜の相手でなく、誰かに恋心を抱くのがひさしぶりとあり、恋愛勘が鈍っての情けない有様だ。

長らく忘れていた感覚を手繰り寄せながら、溜め息を押し殺す。

一方で、巽をあえて恋愛対象から除いてきた事実も否めない。最も身近で仕事をともにする相手ゆえに、無用なファクターは邪魔といえた。

それがいざ、意識して見ると、彼は川嶋のタイプど真ん中だった。

性格は基本的に寛容だし、公明正大だ。ルックスも長身美形で、目立った欠点がひとつもない。

真意は恐ろしくわかりにくいが、たしかにミステリアスとも取れる。単純で短絡的な思考回路の主よりは、断然いい。自分と同等に渡り合えるばかりか、ウィットに富んだ応酬も、正直楽しかった。

特筆すべきはやはり、セックスが強い上に巧く、遅漏なところである。近来、稀なくらいのお買い得な男だ。

身体を繋げてから好きになるなど、本来なら順番が逆だ。けれど、恋してしまったと気がついた以上、引き返せない。

己の想いを巽に伝えるかどうかは別だが、自分の本意がわかって、すっきりもした。

とはいえ、自らの本心を認めるのは悔しくもあった。悪あがきと承知で、川嶋がげんなりとぼやく。

「なんだね？」

「この僕が、ＢＨを…！」

「いいえ。なんでもありません」

苦渋に満ちた苛々声での呟きを訊き返されるも、微笑で躱《かわ》す。

同時に、軽快なメロディが鳴り響いた。『おっと』と、城阪がスーツの胸元からスマートフォンを取り出し、画面を見て肩をすくめる。

「秘書がお呼びだ。じゃあね、川嶋くん」

「はい」

「巽くんに、よろしく」

「畏《かしこ》まりました」

電話に出た彼が、片手を上げて背を向けた。堪え切れずに溜め息をついた川嶋の視界に、宮薗と別れてビルに入ってくる巽が映る。

あちらも川嶋に気がついているようで、まっすぐにこちらへやってきた。

「なにかあったのか？」

「お帰りなさい。…仕事とは無関係ですが」

「ん？　ああ。朝、言ってた話か。今、城阪先生の姿も見えたが」

「こちらのフロアにある顧問先からお帰りの途中、鉢合わせて立ち話をしておりましたら、秘書の方より連絡が入ったため、お戻りになられた次第です。巽先生によろしくと伝言をあずかっております」

「なるほど。で、きみは、わざわざ私を迎えに？」

「ほかの方に捕まえられる前に、身柄確保をと思いまして」

「微妙に犯罪者扱いの言い様だな」

「職業病による単語選択です」

警察や検察ではあるまいしと言いたげな目線は、やり過ごす。

とにかく、ヘッドハントの話をしなくてはと思い直し、恋情も押し隠した。それでも、いささか気になって、なにげないふりで訊く。

「宮薗さんとご一緒なのを、お見受けしましたけれど」

「川嶋くんの状況と似通ってる」

「え？」

「偶然、ビルの前で会った。会社に帰る最中の車中から私を見つけて、挨拶がてら降りてきた彼女と、依頼の進捗《しんちょく》状況も併せて世間話をしてた」

そういうことかと安堵《あんど》しつつも、つい余計な一言が口をつく。宮薗が巽に気があるのではとか、満更でもなさげだった彼への疑念からだ。

城阪に聞いた巽の人気ぶりも、一因になっていた。

「ずいぶん、楽しそうでしたよね」

「クライアントに不機嫌な対応はできないだろう」

「思い返しますと、宮薗さんには初対面から優しくしておいでだったような」

「なんだ。妬《や》いてるのか？」

「…誰が、誰に、妬くんです？」

「きみが、宮薗さんにだ」

正鵠《せいこく》を射られるも、狼狽《ろうばい》は毛頭出さずに鼻先で笑ってみせた。

こういう部分が可愛《かわい》げがないと評されるとわかっていたが、素直になれない。彼が相手だと、特にだ。

「今日は、久方ぶりに気温が三十度を超えましたからね。暑さと湿度で、脳をやられた発言と受け取っておきます」

「らしくない突っ込みをしてきたのは、きみだがな」

「個人的な見解を述べただけです。というか、駄弁を弄《ろう》する暇はありません。多分に込み入ったお話がございます」

「了解。部屋に戻るか」

「はい」

密かに激しくなった動悸《どうき》は意地で秘匿し、沈着な振る舞いに努める。

そろってエレベーターに乗り込み、十一階で降りた。ほかに同乗者がいて、よかった。ふたりきりだったら、乱れ打つ心音が巽にばれかねない。

恋に長いインターバルを置いているので、調子が狂う。自覚したてで、心の整理もまだついていない分、なおさらだ。

当面は取りつくろっておかなければと、冷然な言動を貫く。

執務室へ入り、彼は鞄をデスクの足元に置いた。初秋を先取りしたシナモンブラウンの三つぞろいのスーツの上着を脱いで、コートハンガーにかける。

椅子に腰かけた巽のデスクの前に、川嶋は立った。

「それで、話って?」

「ひとまず、こちらをお聞きいただけますか」

「ほう。いかにも複雑な話題っぽいな」

「最初から、そのように申しております」

スーツのポケットから取り出した小型のＩＣレコーダーを見て、彼が眉間《みけん》に皺《しわ》を寄せた。

かまわず、再生ボタンを押す。

川嶋はラウンジでの田崎との会話を、如才なく録音していたのだ。当然、毎回やっているわけではない。

元来は、先方の許可を得てからというのが鉄則だった。例外的に、会う相手が怪しいと思ったときだけ無許可で行う。

自分の身を守る安全策の一環だ。不測の事態に備え、前の職場にいる頃から持ち歩く習慣があった。なにもなければ、録った中身は消去する。無論、弁護士の守秘義務上、自らの胸に納めて墓場まで持っていく。

昨日は、ハンカチを出すついでに、スイッチを入れた。

だから、己が不利になりそうな余計なことは言わないでいた。田崎も同様の行為をしている公算もあって、いちだんと用心した。

録音を最後まで聞いた巽が、大きく息を吐く。両肘《りょうひじ》をデスクにつき、組んだ両手の上に顎《あご》をのせて苦く笑った。

「よもや、川嶋くんを狙うとはな」

「『将を射んと欲すれば、まず馬を射よ』の典型例でしょう。戦略的には有効です」

「搦《から》め手できたわけか」

「ええ」

「不快な思いをさせてしまって、すまない」

「巽先生が謝る必要はありません」

「いや。私が最初からもっと峻厳な態度で臨んでいれば、相手も早くあきらめたはずだ。こんな形できみに累が及ぶこともなかった。本当に申し訳ない」

「…巽先生」

珍しく、彼が内心もあらわな苦り切った顔つきになった。

いわく、職場へかかってきた電話で一度だけ、田崎と話したことがあるという。その時点で、丁重に断ったらしい。ところが、断念してくれずに辟易《へきえき》し、ひたすら無視しつづけていたそうだ。

再度、溜め息をついたあと、巽が組んでいた手をほどいた。そして、立ち上がって深々と頭を下げて謝られて、川嶋もいささか慌てる。

躊躇った末、手を伸ばし、左肩にそっと触れて言う。

「やめてください。巽先生は悪くないんですから」

「私の事情に、きみを巻き込んだ責任はある」

「それは、そうですけれど。とにかく、頭を上げていただけませんか」

川嶋の言葉に素直に従ってくれて、ホッとした。不自然にならぬよう肩口あたりの手を離すも、巽がおおまじめに補足する。

「だったら、いつも以上に舌によりをかけた、百回くらい心をポッキリ折る、もしくはブラックホールをも消滅させる罵詈《ばり》雑言《ぞうごん》を浴びせていいぞ」

「そんなことはしません。…って、わたくしをなんだと思っているんです?」

「なにって、日米の法曹界で右に出る者がない超絶毒舌パラリーガル兼、弁護士」

「謝罪というより、喧嘩《けんか》を売られている気がしますね」

「私はそこまで命知らずじゃないが」

「どの口が仰せなんでしょう」

「私が知る若手弁護士の中では、ダントツで雄弁かつ有能だと褒めただけなのに?」

「……っ」

予期せぬ突然の賞賛に、反応が遅れた。婉曲《えんきょく》的でわかりづらい褒め方が要因だ。

本気の賛辞か疑わしかったが、巽の顔つきを見る限り、冗談ではなさそうだった。

どう返そうか迷っていたら、シャンパンベージュのシャツにモスグリーンのネクタイ、ベスト姿の彼が話題をもとに戻す。

立ったまま、今度は腕を組んで飄然《ひょうぜん》と述べる。

「不可抗力で撤回したとはいえ、川嶋くんは一応、断りの意思は伝えてるな」

「…ええ。僭越《せんえつ》ながら、巽先生は受ける気はないのですか？」

「ああ」

「わたくしの察するところ、かなり条件がよさそうな話のようですが？」

「まあな。仕事に忙殺されもせず、高給を得られる。だが、たとえどんな大企業といえど、この年齢《とし》で一企業に飼い殺しになるのはごめんだ」

「一理ありますね」

「その点、いかに多忙でも、城阪先生は放任主義だし、いろんな案件にかかわれて、やり甲斐《がい》もある。今の職場のほうが、私には居心地がいい」

「わかる気がいたします」

ヘッドハント先が企業でなく、企業法務が主たる法律事務所ならば、まだ違ったのかもしれない。

弁護士として、川嶋も巽の思いは理解できた。働き盛りに隠居生活にも似た勤務先に移る気はしなかった。どれほど年俸がよくても、キャリアアップに繋がりそうになくては、ひとしおだ。

「よし。私もそれでいこう」

「はい？」

出し抜けの発言意図が瞬時、摑《つか》めなかった。小首をひねっていると、彼が微笑まじりに告げる。

「無視はやめだ。川嶋くんに倣って、田崎と直接対面して断ってくることにする」

「えっ」

「そうだな。速やかにすませてしまいたいんで、一週間後と言わず、今日の帰りに会って返事をしようか」

「今日⁉」

「そうだ。幸い、差し迫った案件もないし」

「ですが…」

「悪いが、川嶋くん。田崎にその旨、連絡を入れてもらえるか？」

「…はあ。巽先生がよろしければ、かまいませんけれど」

「全然、よろしい」

「……畏まりました」

相変わらずの突飛な発想に首肯しつつも、しばし唖然《あぜん》となった。

十全な対応策はあるのかと危ぶんだ川嶋が、昨晩徹夜で考えた案を提案すべく襟を正す。

己の策を熱心に述べた。つづいて、田崎が所属するスカウトエージェント会社について、調べたデータをまとめたレジュメを差し出す。

「こちらをご覧ください」

「ああ。ありがとう」

「予想どおり、評判は芳しくありません」

「そのようだな」

資料にあまねく目を通しながら、巽が同意した。

卑怯《ひきょう》な手法を取られて、生来の正義感の強さが刺激されていた。反骨精神も遺憾なく発揮し、彼に同席希望を主張する。

「昨日の雪辱戦です。敵は巽先生がおいでになって図に乗るはずなので、そこに、わたくしが渾身《こんしん》の反撃を…」

「うん。きみは立ち合わなくていい」

「初《しょ》っ端《ぱな》から急所を抉《えぐ》っ……え？」

「留守番、もしくは先に帰ってくれていい。結果は明日、報告する」

「!?」

よもやの同席拒否に、川嶋が眼前のデスクに音を立てて両手をつく。今ばかりは、ときめきもどこかへ吹き飛んだ。

そして、彼を睨み上げて冷厳と言い返す。

「絶対に嫌です」

「嫌でも、だめなものはだめだ」

「なぜですか。納得できません」

「話がこじれると面倒だから」

「は？」

「きみが一緒だと、まとまる話もまとまらなくなる恐れがある」

軽い口調で、さくっと答えられた。川嶋がいたら、ややこしくなりかねないから来るなというわけである。自《おの》ずと、目が据わった。

憮然《ぶぜん》と巽を見遣《みや》り、地を這《は》うような声で反論する。

「喧嘩を売られたのは、わたくしです」

「その元凶は私だということを忘れたのか」

「そこまで耄碌《もうろく》してはいません」

「それはけっこうだ。…まあ、ドS魂《だましい》全開で、田崎を虫けらみたいに踏み躙《にじ》る様子を間近で見たい気がしなくもないがな」

「？」

後半部分のトーンが下がり、聞き取り損ねた。目線で訊ねると、苦笑を浮かべながらも真摯《しんし》な回答が返る。

「いや。私はこれ以上、川嶋くんに不愉快な思いをさせたくないんだ」

「ですから、そちらのリベンジも存分にするんです」

「自分でやり返したい気持ちはわかる。しかし、きみは大変に優れた弁舌を誇るが、総じて挑発的かつ攻撃的だ。さらに、今回は私情が入っていて冷静さも欠くとなれば、交渉には不向きだろう」

「………」

「相手はどんな汚い手段でも使ってくる。些細なミスも命取りになりかねない。感情的にならない自信が、今のきみに一〇〇パーセントあると言い切れるか？」

「…遺憾ながら、ありません」

「さすがだな。正しい判断だ」

「……っ」

　この上なく客観的な分析が的確なだけに、おもしろくなかった。

　反駁《はんばく》の余地がないのが、非常に悔しい。巽であれば、二〇〇パーセント沈着でいられると想像がつくのもだ。

　盛大に渋りつつも、あきらめる。けれど、同席が不可ならと、別の角度から攻めた。

「では、ついていくのはいいでしょう？」

「なに？」

「同席はしません。巽先生と田崎の会話が聞き取れる範囲内の別の席に、田崎には見つからないよう待機することにいたします」

「川嶋くん…」

　駄々を捏ねる子供を見るような困った眼差しで、呻かれた。それでも、現場に行くのは譲らないと言い張る。

　しばらく睨み合いがつづいたのち、根負けしたとばかりに、巽が折れた。

「…わかった。ただし、くれぐれも乱入はしないでくれよ」

「失礼な言い草ですね。そのくらいの分別はあります」

「ぜひ、そう頼みたい」

「そんな疑わしい目つきで頼まれなくても平気です」

「どうだかな」

片手でこめかみを押さえてぼやかれ、約束は守るとつけ足す。

直ちに、川嶋は田崎と連絡を取った。いくらなんでも、昨日の今日で返事がくるとは田崎も思っていなかったようだ。

困惑されるも、巽の意向を伝えるやいなや、嬉々《きき》とした対応に変わった。

午後七時、場所は同じシティホテルのラウンジで落ち合うべく話をつける。

電話を切ると、やりとりをそばで聞いていた彼に礼を言われた。その後、終業時間まで両者とも業務に勤しむ。

今日ばかりは、川嶋も定時では帰らずに居残った。

午後六時四十分頃、巽が常よりも早く仕事を切り上げる。席を立ち、脱いでいた上着を着て、鞄を持った。

田崎の顔写真つきの名刺も見せたから、彼も相手の判別はつく。

「じゃあ、お先に」

「はい。わたくしも、七時前には着くように参ります」

「いいか、川嶋くん。どんなことがあっても…」

「誓って闖入《ちんにゅう》はいたしませんから、ご心配なく」

　みなまで言わせず、渋面の巽を送り出した。

　一緒に行くのはまずいので、別行動だ。彼の退所から十分ほど遅れて、川嶋も事務所が入ったビルを出た。

　早足で五分弱かかって、目的のシティホテルに到着した。ロビーを通ってまっすぐにラウンジへ直行する。

　田崎を欺くため、スーツの上着を脱いで左腕にかけ、眼鏡も外していた。軽度の近視ゆえに、裸眼でもさほど困らない。

　ラウンジ内をさりげなく見回した川嶋が、目当ての人物を見つけた。

　すでに、田崎も来ている。折よく、彼らの席の真後ろが空席で、田崎に気づかれないようそこへ陣取った。背中を向け、そろりと座る。

　席と席の間が観葉植物で仕切られていて、隠れ蓑《みの》になって助かった。

　やってきたウエーターに、メニューを指差してコーヒーを頼む。間を置かず、背後で注文の品が運ばれてきた気配がした。

　ごゆっくりどうぞとの声につづき、田崎の言葉が耳に届く。

「やっと、巽さんにお会いできました」

田崎が喜色満面なのが容易に窺える声音だ。自身のスカウトがうまくいくと確信しての機嫌のよさだろう。その上機嫌さが忌々しい。

押しかけていきたい衝動と懸命に戦う川嶋が、はたと考え及ぶ。

そういえば、巽の田崎対処法を訊ねていなかった。件のＩＣレコーダーは渡しているものの、断るとしか聞いていない。

それで黙って引き下がる相手とは、到底思えないがと懸念する。そんな川嶋の鼓膜を、日頃よりも冷めた低音が震わせた。

「田崎さんには、以前にも申し上げましたが、お誘いはお断りさせていただきます。なぜなら、私自身に移籍及び独立の意思がないからです。何卒《なにとぞ》、先方にもそのようにお伝えください」

「まあ、そうおっしゃらず。先様は、年俸の上乗せを検討してもいいと仰せですよ」

「金銭の問題ではありません」

「では、なにがご希望でしょうか？」

巽を宥《なだ》めつつ、拒絶もなんのそので、田崎が食い下がる。

意図的に自らのペースに持ち込もうとの作戦か。幾度、巽が拒んでも、あの手この手で迫ってくるのだ。以後も、移籍先の企業がいかに素晴らしいかや、巽を褒めそやすことに時間が費やされた。

傍で聞いているほうの苛つきがピークに達する。巽との約束を反故《ほご》にして割り込もうとした矢先、川嶋でさえ肝を冷やす険しい声色で、巽が話を遮る。

「いい加減になさっていただけますか」

「巽さん？」

さしもの田崎も、彼が発する氷点下の冷気に勘づいたようだ。

快弁が滞り、黙り込む。声を荒らげたわけでもないが、巽が醸し出すオーラが格段に激変したのは、川嶋にも感じ取れた。

こんなトーンを人間が出せるのかと思うほど、声に温度がない。ゆえに、感情がいっさい読めぬばかりか、そこはかとなく不安を煽《あお》った。

おそらく、滔々《とうとう》と捲《まく》し立てていた田崎の沈黙もそのせいだ。

その独特の声柄で、巽が冷々とつづける。

「これ以上、田崎さんが勧誘を強行されるのならば、業務妨害と看做《みな》します」

「…ちょ、ちょっと、大げさすぎませんか」

「少しも大仰ではありません。ここ約四か月間にわたり、あなたは私の職場に最低でも週二回は電話をかけつづけてきていらっしゃるのですから」

「巽さんは、お出になられていないじゃないですか」

瞬時、彼の気迫に呑まれていた田崎が敢然と抗弁を始めた。度胸は認めるも、相手が悪いとしか言いようがない。

「たしかに、私は出ていません。だが、私担当のパラリーガルはあなたの電話のせいで、貴重な労働時間を無駄にしている。それに、私も私宛ての電話がきたとの知らせに、仕事の手を止めざるをえない。各自の意思とは関係なく、業務を妨げられる状態がつづいているのは明白です」

「長くて、たった五分程度でしょう」

「田崎さんにはわずかでも、我々にとっては重要な時間です」

普段、巽がいかにソフトな口調と笑顔を心がけているか、痛感した。

冷ややかな美貌《びぼう》と相俟《あいま》って、相対する者にとっては迫力満点だろう。目から氷結ビームが発射されていて、それを浴びたら一瞬で凍りつくと言われても、納得がいく。紡ぐ言葉すら、聞いた者を凍結させる呪詛《じゅそ》がかかっていそうだ。

アルプスや北極の雪解け水ばりの冷たさの血液が、彼の血管内を循環しているのではと疑った。

確実に、周辺の体感温度が二度は下がった気がする。

たぶん、これが主に法廷仕様の巽なのだ。相手方の弁護士が弱腰になると評判の、非情バージョンに間違いない。

噂は本当だった。たしかに、かなり怖い。喉元《のどもと》に斬《き》れ味抜群の抜き身の刃《やいば》を突きつけられているような心地だ。片刃でなく、両刃である。

しかも、その切っ先でいつ斬られても不思議はない緊張感があるから、震え上がるくらい恐ろしい。

無意識に、川嶋も固唾《かたず》を呑んでいた。背後で、巽が言い添える。

「まして、あなたは昨日、当方の川嶋に対し、恫喝めいた発言を用いて私を呼び出すよう要求なさっておられる。その上、彼の人格権を侵害することの公表も辞さないと、ほのめかしてもいらっしゃった」

「いえいえ。そういった言動は取っていませんよ」

「…事実ですか？」

「もちろんですとも。どういうご説明を受けたかは存じませんが、川嶋さんの勘違いです。片方だけの話を聞いて、そちらを鵜《う》呑みにしないでください」

「なるほど」

厚かましくも、平然と嘘《うそ》つき呼ばわりされて、頬《ほお》が引き攣《つ》った。どちらが二枚舌使いか、即刻、追及してやりたい。

虚言を弄したなど、弁護士に対する最大の侮辱だ。

屈辱に椅子を蹴《け》り倒す勢いで立ち上がって非難したかったが、彼との約束が脳裏をよぎり、どうにか堪える。なんとか、振り返って観葉植物の隙間から、こちらに背を向けた田崎を睨んですませた。

あの巽を前に、堂々と偽りを口にできる面《つら》の皮の厚さが腹立たしい。

怒りに燃えている川嶋を後目《しりめ》に、巽は冷徹に述べる。

「では、こちらをお聞き願いましょうか」

「なんですか?」

「とにかく、どうぞ」

「?」

再生された昨日の会話に、さすがの田崎も狼狽を露呈した。

コーヒーカップを耳障りな音を立ててソーサーに置いたのと、『そ、それは…っ』という上擦った言葉が重なる。

次いで、証拠隠滅を図るべく、巽へと手を伸ばす。見苦しくも、ICレコーダーを奪う実力行使に出たらしかった。

語るに落ちる同様、自供したも同然の行動だ。

当然、易々《やすやす》と奪取される巽ではない。素早く停止ボタンを押して自身の懐にしまい、冷め切った視線で田崎を見つめた。

「双方の答弁を聞いて、私は公平に意見したつもりです」

「く……」

「川嶋は一言も虚偽の申告はしておりません。ここが法廷ならば、あなたのほうが偽証罪に問われます。川嶋の心情次第では、名誉棄損罪とまではいかずとも、侮辱罪での告訴は可能ですね」

「さ、さきほどの言い方は、その……言葉の綾《あや》と申しますか…」

「誠意なき弁解は無用です」

「……っ」

蒼《あお》ざめ、懇願するような面持ちになった田崎に釈明すらさせない。逃げ道もすべて塞《ふさ》ぎ、冷酷に追い詰めていく。

「あなた方のような会社が興信所を使うのは、仕事の性質上、やむなしと理解はできます。ただ、厳密に言えば、いくら職務といえど、この段階で私と川嶋のプライバシー権を侵害していますが」

「……」

「まして、探偵まで投入し、知り得た個人情報を悪用するなど感心しません」

「悪用だなんて、心外です」

「そうですか。では、濫用《らんよう》で。誰がどう公正に見ても、職権濫用なのは確実だと思いますから、適切な言葉の使用でしょう。異存、もしくは、さらなる適言がありましたら、どうぞ、おっしゃってください。訂正します」

「……っ」

「無言ということは、ないと解釈させていただいてよろしいですか？」

一瞬、ここは法廷かと錯覚する威勢で、巽がたたみかけた。この状況で泰然と自らの意思を述べて歯向かえる一般人は、まずいまい。

田崎も例外でなく、終始、周章まじりに首肯した。それを受けて、巽が平淡な語調で話題を戻す。

「さらに、今回あなたは川嶋の弱みにつけ込んで、彼の意思に反して私に会わせろと強制なさっておいでだ。明らかな、脅迫罪及び強要罪に該当します」

「そんな馬鹿な…っ」

「厳然たる事実を述べているだけです。弁護士である以上、たとえ法廷外でも虚偽は申し

立てない信条なので」

「っ……」

「これのみならず…」

ほかにも、田崎が川嶋を待ち伏せた行為はストーカー規制法に抵触する可能性がある。自分たち以外のスカウト候補者らの個人情報を流用、売買した場合は、個人情報保護法違反になる等、次々と弾劾していった。

それぞれの刑罰も説く丁寧ぶりだ。初犯で執行猶予がつくにせよ、気分はよくない。親切というより、心理的制裁が狙いだろう。

法律の素人相手に、けっこうな仕打ちだ。

淡然と見えて、実は巽の逆鱗《げきりん》に触れていたのではと今頃、悟る。

なにしろ、しつこく四か月もつきまとわれたのだ。勝手に身辺も探られていたとあっては、積もりに積もった鬱憤《うっぷん》を晴らしたくなるのも当然だった。

おまけに、無関係の川嶋を巻き添えにしてしまったのも、怒りを倍増させた一因か。

蒼白《そうはく》を通り越し、今や倒れそうな顔色の田崎に、彼が最後通告を行う。

「もし、今後また私と川嶋に接触なさってきた際には、これらの罪状にて、あなたを告訴いたしますので、そのお覚悟でいらしてください」

「告っ……」

「お断りしておきますが、このたびの事態を招いた要因は、田崎さんご自身の能力の問題かと存じます。どのような手法を取れば、対象者をスムーズにヘッドハントできるかや、引き際を見誤ったのですから」

「そ……」

「つまり、私を引き抜けなかった件で、あなたが社内でどのような処分を受けようと、私はいっさい関知いたしません。無論、逆恨みでなにかしかけていらしても、対応は変わりませんので、あしからず」

「……っ」

「それと、もうひとつ。私どもの個人情報がどこかへ漏れたと判明したときは、田崎さんが所属されておられる会社、ひいては興信所と探偵事務所の過失とし、やはり各所を訴えますと上役の方にご伝言をお願いいたします」

「!!」

法的拘束力がない内容証明による生易しい警告ではなく、即、裁判との意思表示だ。否、宣戦布告と言ってもいい。

分が悪いのが自らの側だとさすがにわきまえているようで、異論は唱えられなかった。

しばらくののち、蚊の鳴くような声で、田崎が『わかりました』と肯《がえ》んじる。

「お話は以上です。私は、これで失礼させていただきます。二度とお会いしないと思いますが、お元気で」

「……………」

巽が伝票を持って席を立った。返事を寄越す気力もない田崎を、一顧だにしない。ふたり分の会計をスマートにすませて、ラウンジをあとにする。

本気を出した巽の無情な正論攻勢に、田崎は呆然《ぼうぜん》自失状態らしい。自分のコーヒー代を払ってもらったことにさえ、まだ頭が回っていない状況とみえる。

十分後ようやく、のろのろと腰を上げた。支払いの件にも気づき、なおさら落ち込んでいる様子が、笑いを誘う。

落胆ぎみにラウンジを出る田崎の背中に、川嶋も精算してつづいた。

眼鏡をかけ、手に持っていたスーツの上着を羽織る。

重い足取りで正面玄関からホテルを出ていった田崎を確認し、周囲を見渡した。ロビーの一画にいて彼を避けた巽と合流する。

座り心地のよさそうなソファが目に入り、そちらへ移った。

木製のテーブルを挟み、ひとり掛け用のソファに向かい合って腰を下ろす。周りにはちらほらとしか人がおらず、話すには打ってつけだった。

目前の巽は、もう、いつもと変わらぬ様相に戻っていた。微笑を湛《たた》えた穏やかな口調で告げられる。

「出てくるのが案外、遅かったな」

「巽先生の破壊力が凄《すさ》まじくて、田崎が立ち直るのに時間がかかったんです」

「だいぶん、手心を加えたつもりなんだが」

「あれで、ですか？」

「法廷での半分以下だ」

「…冗談ですよね？」

「いや。代理人同士の協議時でさえ、あの三分の一だからな。法律家相手ではないし、なるべく優しく接した」

「……全力だと、どうなるんだって話だな」

「ん？」

咄嗟に、素で呟いて唸った。衝撃的な事実の発覚に、川嶋は眩暈《めまい》を覚える。

パラリーガルは、法廷や係争相手の弁護士との話し合いに同行はしない。従って、三年間もそばにいるが、巽の温厚な面しか知らなかった。

平素が鷹揚《おうよう》なだけに、田崎への酷薄な応対に正直、まだ驚愕《きょうがく》中だ。

おっとりと首をかしげた彼へ、率直に言う。

「…巽先生の意外な一面を見た気がします」

「そうか？」

「ええ。敵に回すと手強くて厄介です」

「その台詞は、そっくり返す。高性能な毒舌マシーンとは、私も戦いたくない」

「人聞きの悪い異名をつけないでもらいましょう」

「自覚がないのは罪だな」

「ご自身だって、相当に辛辣《しんらつ》な口をきいておいて、よく言えますね」

「ドS勝負では、きみには負ける」

「なんですか、『どえす』って？」

理解不能な単語に、川嶋が柳眉《りゅうび》を寄せた。時折、所内で耳にする。そのつど、どういう意味か訝っていたものの、忙しさにまぎれて調べる機会を逸したままだ。訊いても、誰もが言葉を濁して教えてくれない。

今日こそはと意気込んで訊ねると、巽がごまかさずに答える。

「昔、イギリス海軍がつくった大型戦艦がdreadnought《ドレッドノート》、『怖いものなし』と名づけられて以後、同種のものを弩級艦《どきゆう》と総称した。次いで大きいものを超弩級艦、次は超超弩級艦といった具合らしい」

「はあ」

「それとはかかわりないだろうが、弩級の弩を『甚だしく』とか『非常に』という意味で、昨今の日本人は使うようになった。Sは、sadist《サディスト》の頭文字だ。そのふたつを合わせた造語が『ドS』になる」

「……要するに、わたくしが激しくサディスティックな人間だと？」

「温柔な性格とは言えないだろう？　怖いものなしなところは、本家の意味を立派に踏襲してるしな」

「…ものすごく腑に落ちないんですけれど」

「超ドSだの、超超ドSと呼ばれてないだけ、いいんじゃないか」

「そういう無責任発言がむかつくんで……って、こんな水かけ論がしたいわけでなく」

「川嶋くん？」

小さく咳払《せきばら》いし、川嶋が姿勢を正した。ドS論議は、ひとまず置いておく。

そんなことよりも、今は田崎を見事なまでに撃退してくれた巽に、あらためて謝意を表さねばならない。

無念だが、自分では、あんなにも鮮やかに退けられたかは疑問だ。

昨日の今時分とは打って変わった爽快《そうかい》な気分で、川嶋は彼と向き合う。

「今回は、結果的にわたくしのせいでご迷惑をおかけし、誠に申し訳ございませんでした。また、わたくしのことまで庇《かば》ってくださり、ありがとうございます」

「もとはと言えば、私が原因だ。気にしなくていい」

あずけていたＩＣレコーダーを、巽が上着の内ポケットから出す。小型の機械を受け取りながら、ゆるりとかぶりを振った。

「それでも、巽先生のおかげで個人的なセクシュアリティを暴かれずにすんで、助かったのは事実ですから」

「あれは、あちらのやり方が著しく正義に悖《もと》る。弁護士として見過ごせなかった」

「ええ」

「まあ、事務所にゲイがいるって風聞が立つと、さすがに困るのも確かだ」

「…ですよね」

「ああ。城阪先生や同僚たちも、迷惑だろうし」

「……はい」

肩をすくめて小声で苦く笑われて、胸が痛んだ。しかし、そのとおりゆえに、なにも言えない。

巽は、城阪・ハバート・里見法律事務所の運営に携わるパートナー弁護士のひとりだ。そう考えるのが妥当である。いわば、同じ立場の川嶋も、出資者としてはまったく異議はなかった。

頭では、わかっている。けれど、やはり少しやるせなくなった。

問題が無事に解決し、彼への想いを思い起こした分、気が重くなる。今の発言で、失恋も決定的だと沈みかけた瞬間、さらりとつけ加えられる。

「私もゲイだから、仕事がやりづらくなる」

「そう、仕事に影響が出……って、は⁉」

「なんだ？」

「なにって…」

聞き捨てならない台詞が返ってきて、川嶋が双眸《みは》を瞠《みは》った。

聞き間違いかと身を乗り出して問い詰めたが、合っていると言われ、しばし啞然とする。

そんな自分を、怪訝《けげん》そうに見遣った巽が端整な眉を片方上げた。

「言ってなかったか？」

「…記憶にありませんね」

「いや。たしかに、あの夜に言ったはずだ」

やけに自信たっぷりで述べられる。根拠を訊けば、例の夜、川嶋から行為中に妙な文句をつけられたので、きちんと応じたのだとか。

嫌な予感がしたものの、恐る恐るどんな苦情を申し立てたのか訊ねる。

「ちなみに、わたくしはなんと言いましたか」

「『なんでこんなにセックスが巧いんだ！』だったな。相変わらずの率直かつ直球発言に、笑わせてもらった」

「……っ」

「それで、『一応、私もゲイなんで、ツボは押さえてる』と答えた」

「……そちらも充分、ダイレクトでしょう」

「普通だろう。きみは納得してたぞ？」

「申し訳ありませんが、覚えていません…」

「…私のほうが、『はあ⁉』とやさぐれたい心もちだな」

「う……」

正当な言い分に、川嶋は上体を引っ込めて小さくなる。とはいえ、責任の一端は巽にあると思い直し、やんわりと睨んで反論する。

「お言葉を返すようですけれど、わたくしがそうなったのは、巽先生がお上手な上に絶倫すぎたからです。あなたに翻弄されつづけて、途中からは意識が判然としておりませんでしたので」

「お上手って……待てよ。ということは、あれも覚えてないのか」

「あれ、とは？」

「嘆かわしいったらないな。…どうりで、反応が薄かったわけだ」

「なんのことです？」

「あ〜あ。参った…」

「巽先生？」

胡乱《うろん》げに訊ねると、彼がうんざりぎみにソファへ深くもたれかかった。

無意味な批判はしない人と知っているので、居心地が悪い。

さすがに形勢不利な川嶋が再度、返答を促すか迷った。何回か溜め息をついたのち、巽が微苦笑を浮かべる。

「私の責任も否めないとなれば、やり直すしかないか」

「いったい、なにを……⁇」

「即《すなわ》ち、現在、きみに特定の相手がいないのなら、私の恋人になってくれないかという話だったんだがな」

「はい⁉」

「いわゆる、交際を申し込んだわけだ」

「……っ」

予期せぬ内容に、川嶋は息を呑んで固まった。明確なラブコールに驚倒する傍ら、頬がじわりと熱くなっていく。

そこへ、なおも彼が低い声であっさりと呟く。

「私は、きみが好きだとも何度も告げた」

「……本当ですか…？」

「恋愛において、嘘をつく趣味はない。…まったく。返事はどうなっているのかと思えば、まさか告白そのものを丸ごと覚えられていなかったとはな」

「………」

微妙に責めるような視線が痛い。けれど、全面的に川嶋が悪いので、甘んじて非難を浴びるしかない。逆の立場なら、それこそ超どころか、超超ドS全開で詰《なじ》りまくる己が想像できるから、余計だ。

重ねて、仕事上、ディナーは難しいため、ランチに何回も誘ったが断られたと言われて天を仰ぎたくなった。

「いつ誘っても、パラリーガル仲間とランチミーティングだと袖にされて、私を弄《もてあそ》んで楽しんでいるのかと、恨めしくなったぞ」

「…誤解です」

「ドSらしく、焦《じ》らし戦略に出たなと」

「そこまで性悪ではありません！」

「なにげなさを装った接触も、アイコンタクトも、黙殺しておいてか？」

「それは…っ」

結果的にそうなっただけでと、己の当時の心境を言い募った。

一夜をともにしたあと、ボディタッチや目が合う回数が増えていたのは、やはり気のせいではなかったのだ。

すべて、巽なりのアプローチだったと判明する。もっとわかりやすくやれとのクレームは、先回りして封じられた。

彼によれば、あまりに言動が露骨だと、川嶋の機嫌を損ねると承知ゆえ、さりげなく口説いていたという。まさしく、そのとおりなだけに、返す言葉がなかった。自分の性格をよくわかっている。

「ですけど、少しは言葉にしていただかないと、伝わりませんよ」

「仮に、言った場合、職場にプライベートを持ち込むなと、微塵も苛つかずにいられたと断言できるか？」

「できま……せん…」

「私に、そんな危険を冒せとは、さすがはドSだ」

「さきほどから、ドS、ドSって、やめてもらえませんか」

「それなら、超ドSで」

「どちらが性悪ですか！」

巽のほうが、相当に性質が悪いと即行で返す。

一方で、よもや、彼も己と同じ想いでいたなんてと心が弾んだ。ゆるみそうになる顔面筋に力を込めていると、不意に苦笑される。

「まあ、仕方ないか。九年前のことも、忘れられていたからな」

「え」

「私はよほど、きみの記憶に残らない男のようだ」

「ちょっと、待ってください。九年前とは？」

唐突な台詞に双眼を瞬いた。ずいぶん昔の話を持ち出され、当惑する。自分がまだ学生時代の頃だ。

説明を求めた川嶋へ、巽がどこか懐かしそうに話し始める。

イェール大学のロースクールで一年間、一緒に学んだと語られるも、ピンとこなかった。

しかし、判例集をもらったとの件《くだり》で、なにかが引っかかった。

たしかに、とても非社交的な日本人LL.M.に、半ば無理やり判例集を押しつけた覚えがある。

ほかに何人もの同邦人がいたけれど、彼は殊におとなしそうだった。

授業の議論中も消極的、交流目的のイベントでも誰とも話さず、いつもひとりでいた。見ていて大丈夫かと苛々したものだ。

当時は、恋人の束縛がきつかったため、同性との接触に気をつけていた。うっかり整髪料や香水等の移り香があったら、喧嘩の元になるせいだ。だから、その青年に判例集を渡すときも、短時間ですませた。

「…まさか、あの黒縁眼鏡の留学生⁉」

「へえ。思い出したか」

「！」

予想外といったふうに目笑されたが、川嶋は笑うどころではない。

眼前の巽と、記憶の中の彼は全然、別人だ。さほど話してもおらず、発言もほぼしないタイプで声もうろ覚えだった。名前も訊いていなかったし、卒業後の同窓会でも、一度も顔を見ていない。

名簿を目にしたところで、同姓同名はいくらでもいると判じて終わる。

なにより、外見が今と違いすぎた。髪型と服装で、こうも雰囲気が変わるものかと呆れる。というか、これでわかれというほうが無理だ。

「こんなの詐欺でしょう！」

「きみが気づかなかっただけだ」

「それなら、会ったときに、さっさとおっしゃってください」

「城阪先生が、ざっくり仰せになったはずだ」

「あんな大雑把な説明でわかりますか!!」

「そう言われてもな」

「釈明もせず故意に黙っていた分際で、文句を言う権利はないです」

「忘れてたくせに、偉そうだな」

「この件に関しては、巽先生にも落ち度があります。わたくしひとりが責められるのは、不公平であり、不条理です」

数分前までの殊勝な態度はどこへやら、巽を咎《とが》めた。

当の本人は、どこ吹く風だ。さきほど来の不機嫌さとは裏腹に、悪戯がばれたような、楽しげな表情でいる。

噛みつき足りないかと第二弾を繰り出す間際、彼が先に口を開く。

「私は、一目できみとわかったのに」

「わたくしは以前とほとんど外見が変わっていないのですから、当たり前です」

「中身もな。あの頃のまま、きみは優しい」

「さんざん、ドSと連呼されましたが？」

「超ドSでも、超超ドSだろうと、私には好ましい」

「…わざわざ『超』とつけてくださらなくても、けっこうなんですけれどね」

「九年前も、いいなと思った。三年前に再会したときも」

「……巽先生…」

甘い眼差しと声に切り替えて言われ、覿面《てきめん》に舌鋒《ぜっぽう》が鈍った。

邂逅《かいこう》後、川嶋へ惹かれていくのに時間はかからなかったと聞いて、いっそう動揺する。

換言すれば、この三年間ずっと密かに想ってくれていたのだ。ロースクールで親しくなれなかった分、ゆっくり時間をかけて、自分を知ってもらおうと思ったという。逆も、然《しか》りだ。

ようやく気が置けない仲になったし、モーションをかけようとした矢先、川嶋のほうから誘ってきたのが、例の夜だそうだ。

行為中の言動も個性的で、巽にとっては愛らしく、すっかり溺《おぼ》れたとか。

そんな素振りをまったく見せなかった彼は、さすがは『BH』だ。面映《おもは》ゆくも、憎まれ口をたたく直前、だめ押しをされる。

「きみがくれた判例集は、今も持ってる。大切な思い出だ」

「……っ」

「『気持ち悪い』とか、『乙女《おとめ》か』とか、『鳥肌が立つ』とか、罵《ののし》り系の感想はないのか?」

「勝手に人でなし扱いしないでください」

「いや。ドS扱いなんだが」

「大概、しつこいですよ」

「了解。もうやめる」

「絶対ですからね」

ぴしゃりと叱《しか》りつけながらも、川嶋は胸が熱くなっていた。

ほんの少し前、心に隙間風が吹いたようでせつないと感傷に浸った己が恥ずかしい。

自らはすべてをきちんと覚えていたのに、きれいさっぱり忘れられてしまっていた巽にこそ、その権利がある。

自分には些細な出来事を、大事にしてくれていた彼に胸を打たれた。忘れていた川嶋を執拗《しつよう》に責めない寛容さも、心憎い。とはいえ、川嶋の性格上、やはり締まりのない態度は取れないのが実情だ。

しかし、多少はスイートに応じてみたい。今ほど、可愛げがほしいと真剣に願ったことはなかった。

どうすれば、甘めな対応ができるのか内心で思案中の川嶋に、巽が言う。

「それで、返事は?」

「えっ」

「いい加減、今度こそ回答をくれ」

「…あ、はい」

YesかNoの二択だと、いつぞやの夜の逆の立場で迫られた。

迅速にと促され、可愛げ応対はあきらめる。無理をしても、ろくなことにはならないと自然体でいく決断をした。

背筋を伸ばし、眼鏡のつるを右手で上げて毅然と顎を上げた。

「まずは、お返事が大変遅くなって申し訳ございません」

「ああ」

「そして、九年前の事柄や先日の夜の告白等、比較的重要な事項を覚えていなかった件について、謝罪します」

「……謝られてる感、微妙にゼロな気がするのは私だけか……?」

「失敬ですね。心から陳謝していますよ」

「まあ、きみらしいと言えば、らしいが」

「告白の作法は、人それぞれです」

「はいはい。で?」

変な茶々を入れるなと巽を睨み、緊張をほぐすべく深呼吸した。

なにしろ、誰かに恋心を告げるのも、恋情込みでつきあうのも、七年ぶりだ。調子が摑めずに、足下が覚束《おぼつか》ない心地だった。

大きく息を吐いたあと、覚悟を決めて彼の両眼を見つめる。

「肝要な返事ですが」

「うん」

「巽先生がそこまでおっしゃるのでしたら、わたくしとて、おつきあいするのはやぶさかではありません」

「………」

結果的に、恐ろしく上から目線の返答になっている自覚はなかった。ただし、高飛車な内容とは反対で、川嶋は目元ばかりか耳まで朱に染めていた。

言葉よりも、身体のほうが素直に反応中とは気づいていない。

巽が小さく噴き出すと同時に、笑いを含んで呟く。

「これぞ、川嶋くんっていう返事だな。ちなみに、好きと言ってはくれないのか?」

「言うより、言わせるほうが好みです」

「そこはアメリカ人的な感覚じゃないわけか。ハグにキスで愛を囁くんじゃなく」

「…ドS的発想と、おっしゃりたいんでしょう?」

「そういう部分も、私には可愛いから問題ない」

「自分で言うのもなんですが、変わった趣味ですね」

「そうか? 究極に理想のタイプなんだが」

「わたくしが!?」

「ああ」

「可愛げのなさには自信がありますよ?」

「捉《とら》え方は十人十色だ。とにかく、念願叶って両想いになれてうれしい」

「…断っておきますけれど、色惚《いろぼ》けが原因で仕事に支障が出るようなら、ただではすみませんよ。公私混同など論外です」

「了解。きみに幻滅されないためにも、今後も仕事は全力投球で励もう。かわりに、プライベートはとことん愛させてくれ」

「それなら、いいでしょう」

心ときめく台詞に心臓を鷲《わし》摑みにされていても、照れてはにかむ愛らしさとは無縁の性分だった。本当なら、ここは両頰に両手でも当てて、くねくねと身悶えてよろこぶ微笑ましい場面だろう。

目を眇めて凄《すご》む殺伐《さつばつ》さが、最も不似合いなシーンである。だが、巽は別段、なにも言わなかった。

どうやら、彼自身は恋人に甘い言葉を惜しまないタイプらしい。しかも、相手にはそれを求めないという、川嶋にとってはありがたくも貴重な人種だ。

思わぬ展開にいまだ動揺を抑えられずにいると、巽がおもむろに腰を上げる。

「では早速、行こうか」

「どこにです？」

突然の提案の意図がわからず、眉をひそめた。そんな川嶋へ上体を傾けるようにして、顔を寄せてきた彼が囁く。

「きみと、心ゆくまで愛し合える場所に」

「……っ」

「それとも、想いが通じ合ってすぐに欲しがるのは、言語道断か？」

「望むところです」

「そうこなくちゃな。前回はきみの家だったから、今回は私の自宅でどうだ？」

「かまいません」

「決まりだな」

ホテルの出口へ向かう長身の背中に、川嶋も立ち上がって倣った。

最寄り駅に赴き、改札を通って、帰宅ラッシュで満員の電車に乗り込む。彼が住む大崎まで、二十分ほどで着いた。

道すがら、巽はいつも同様の他愛《たわい》ない会話に終始した。川嶋はといえば、大半は上の空で聞いていた。

駅から彼のマンションは、わりと近かった。

オートロックは自分の住処《すみか》も同じだが、それ以外は異なる。一階はまるで高級ホテルのロビーのようなラグジュアリーな空間だった。実際、二十四時間、専属のコンシェルジュが常駐するとか。

顔見知りだというコンシェルジュと挨拶を交わした巽と、エレベーターホールに行った。三基あるうちの一基が待機していたので乗る。

十四階でエレベーターを降りた。ほどなくドアの前に到着し、ロックを解除した彼に、室内へ招き入れられる。

「どうぞ」

「お邪魔いたします」

「そうだ。プライベートは、お互い口調はフランクでな」

「え?」

「丁寧語は仕事のときだけだ」

「ええ…」

今は、恋人同士の時間だと双眸を細められ、柄にもなく胸が高鳴った。

渋々の物腰を崩さず、川嶋がうなずく。玄関へ上がって廊下を歩き、案内された室内は1LDKで、とりわけリビングが広かった。

どの部屋も、インテリア類はモノトーンでシックにまとめられている。やはり、法律関連の書籍等が目についた。男のひとり暮らしにしては雑然とした感もなく、整頓《せいとん》された印象だ。もちろん、生活感はある。

リビングの大きな黒いソファを勧められて、腰かけた。脱いだスーツの上着を手に、巽がさらりと訊いてくる。

「呼び方は、川嶋か、賢太郎か。もしくは、ほかになにかあるか？」

「いきなりだね」

「『川嶋くん』だと、職場にいるみたいで味気ないしな」

「まあね。じゃあ、賢で」

「わかった。俺のことは名字でも名前でも、好きなほうで呼んでくれ」

完全な私的モードでは、彼の一人称は『俺』なのだと知る。

それでいくと、あの夜はまだ公的な部分が残っていたわけだ。あんな誘い方をされれば、当然かもしれない。

身体だけが目当てのドライな関係と、先に告げたのは川嶋だ。従って、巽も相応な態度を貫いたのだろう。想っている相手にそんなとんでもない言動を取られても、闊達《かったつ》に受け止める者はなかなかいまい。

諸々な意味でうれしくもあり、尊敬できる彼に選んでもらえて僥倖《ぎょうこう》だ。

「なら、『紘克さん』にする」

「呼び捨ても、かまわないが」

「年上に敬意は払うよ。精神的に僕より上と看做した相手に限るけど」

「光栄と言っておこうか」

笑いながら目の前を通り過ぎようとした巽の手を、川嶋が摑んだ。

視線が絡んだ薄茶色の両眼を、蠱惑《こわく》的に見上げる。

「いつまで待たせる気？　お茶を飲みにきたわけじゃないんだけど」

「俺の部屋着を貸そうと思ったんだがな」

「どうせ脱ぐのに？」

「たしかに。時間の無駄か」

「そういうこと……っんん！」

ソファの背に上着をかけるついでとばかり、巽が腰を屈《かが》めた。

思惑を悟った川嶋が、素早く眼鏡を外してスーツの胸ポケットに入れる。残る片手で顎を上向かされ、唇を塞がれた。

川嶋も両腕を彼の首筋に回して、濃厚なキスに応《こた》える。

待ち侘《わ》びていた行為に、歓喜のあまり武者震いした。舌を絡ませ合い、双方の口内を競うようくまなく愛撫し、唾液《だえき》を交換する。

隣へ座った巽の腿上に軽々と横抱きにされた。この間も、キスは続行中である。

「っふ、ん…うぅん」

「もう蕩《とろ》けた顔になってるぞ」

揶揄されるも、巧みなキスで息が上がり、反駁もままならなかった。せめてもの意趣返しに、両手で彼の髪を搔《か》き乱してやったが、仕置き効果は薄い。さらに熱烈なキスの反撃で、気息奄々《えんえん》になった。

気づけば、ネクタイをほどかれ、ワイシャツのボタンも全部外されている。なんという早業と呆気《あっけ》に取られる川嶋をよそに、下肢にも手が伸びてくる。

甘美なキスの合間に、欲情に掠《かす》れた低音が言う。

「スーツの皺はどうにかなるが、汚れると厄介だからな」

「あ……」

「あと少しだけ、腰を上げて」

あっという間に、衣服が剝《は》ぎ取られた。全裸の川嶋と対照的に、巽はワイシャツにベスト、スラックスをまとっていて、ネクタイをゆるめただけの姿だ。

そちらも脱げと注文をつける寸前、視界が変わった。いくぶん性急な所作で、ソファへ仰向けに押し倒される。次いで、巽に両脚の間へ陣取られた。

「紘克さん？」

「自分で膝裏《ひざうら》を持って押さえてろ」

「…ずいぶん、破廉恥な要求をするね」

「できるよな。両方が無理なら、片脚はソファの背にかけていいが」

「……自力でやる」

「そうか」

卑猥《ひわい》な要望を爽《さわ》やかに言われ、胸につくほどの勢いで両脚を抱えるはめになる。腰の下にクッションも敷かれて、必然的に恥部があらわになった。

視姦《しかん》にも似た痛いほどの視線に伴い、性器へ彼の指が絡まる。それを皮切りに、陰嚢《いんのう》や会陰《えいん》、後孔も指戯で弄ばれた。

折に触れて、口での戯れも混じり、下腹部が波打つ。

並行して、目尻や頬、唇へキスも降ってきた。耳朶《じだ》も甘噛みされ、耳孔に舌も入れられて、くすぐったさに身をよじる。耳裏の薄い皮膚をはじめ、鎖骨付近や肩など、素肌に痕《あと》も刻まれていった。

中でも、乳嘴《にゅうし》は念入りに舐《な》め齧《かじ》られる。前のときも、ひりひりするくらい弄られたが、今回はさらに丹念な愛撫を受けて艶態を晒《さら》した。

陰部と二箇所の同時多発的な攻め立てに、嬌声《きょうせい》が止まらない。様々な刺激で、性器はとっくに張り詰めていた。

先走りと巽の唾液で、下肢からは水音も聞こえる。

射精感が高まったと思うと意識を別の部位へ逸らされ、下肢に熱がこもっていく。

「っあ、んん……あぁあ」

「こら。自分でやるな」

「やだ…っ」

膝裏を持ったまま、己の性器に伸ばそうとした手を捉えられて呻いた。

いきたいと訴えるも聞き入れられず、川嶋の両手は頭上でひとまとめに押さえつけられてしまう。

これでもかと焦らしに焦らされまくり、潤んだ双眼で彼を睨んだ。

「も……いかせろ、よ！」

後孔に挿入中の長い指を締めつけて言う。艶めいた微笑を湛えた巽がうなずき、突如、すべての行為を中断した。

中途半端に放り出されて盛大な文句をつける直前、身体が宙に浮く。

「わっ」

「場所を移る」

「どこ、に…⁉」

「風呂だ」

寸止め状態で抱き上げられ、バスルームに連れていかれる。

どうも、自らは川嶋が入浴前であろうとかまわないが、川嶋はそうではないかもと気を遣ったようだ。

こういうところも優しい彼に、また心を撃ち抜かれた。

お互いさまながら、最初にシャワーを浴びる余裕がなかった事実もわかり、愛情を実感できた。

腕から下ろされた洗面所で脱衣を手伝いつつ、巽の肩口を舐めて宣言する。

「僕だって、あなたの体臭とか汗のにおいは、気にならない。むしろ、そのフェロモンで興奮しそう」

「あまり、煽るな」

「本当だし」

「どうなっても、知らないぞ」

「僕を気持ちよくしてくれない男には、用なんかないからね」

「それじゃ、今夜は本気でいかせてもらうか」

「え？　……んっ、うぅ…」

あの夜も本気だったのではとの確認より早く、吐息を奪われた。しかも、川嶋を洗濯機に押しつけるようにして、裸になった彼に片脚を持ち上げられる。

もしやと思った瞬間、立位で後孔へ熱塊が押し入ってきた。

ソファで入念に馴らされていたため、痛みはないが、圧迫感はすごい。体勢が体勢だけに、己の体重で巽を呑み込んでいってしまう。

キスもろともで息苦しいけれど、夢にまで見た実物の楔《くさび》を身体中が歓待した。挿入の衝撃と感喜で、川嶋の性器は精を迸《ほとばし》らせる。

こうでなければと、喘《あえ》ぎ声まじりに本音をこぼす。

「や、っぱり……これ、が……一番…っ」

「ん？」

「ディル…ド、より……悦《い》い…ぃあ、ん」

「どういうことだ？」

唇を舐めて訊かれ、セックストイズによる自慰の日々を自白する。

もとはといえば、彼が元凶だからだ。しかし、どれひとつ川嶋を満足させてくれるものはなかった。

けっこうな数を試すも、巽超えの淫具は皆無だった。いっそ巽モデルのディルドを特注しようかと考えたが、射精機能がないのであきらめた等々、途切れがちに話す。

低く笑う体内の彼がいちだんと嵩高《かさだか》になり、淫声が漏れた。

「んあ…ぁ……大き…っんっん」

「言ってくれれば、生身が出張してきたものを」

「僕、にも……あっん……体面や……っあ……プライドが…あるっ」

「そういう意地っ張りな面も、またいいんだよな」

「っは、あ…」

すべてがおさまったはいいが、身長差もあって爪先《つまさき》立ちがつらい。そう告げる間際、もう片方の脚も掬《すく》い上げられて両目を瞠った。

「あっ、あっ……あああ！」

全体重が重力に従い、なおも屹立《きつりつ》が食い込んでくる。

硬く熱い杭《くい》が奥の奥を攪拌《かくはん》し、胸を反らした。その乳嘴を巽がすかさず口に含んで食《は》んだり、舌でつついたりする。

頑丈そうな肩を川嶋がたたくと、しばらくしてから顔が離れた。

「ん？」

「もう……紘克、さんの……かけ、て…っ」

「まだだ。あと少し、我慢しろ」

「な…ぁ、ん……ぅあ!?」

「よっと」

繋がった川嶋を抱えたまま、彼が浴室に移る。気づかぬうちに給湯スイッチを入れていたらしく、バスタブには膝丈ほどの湯が溜まっていた。

たった数歩の移動の振動ですら、快感にスライドする。

逞しい肩にきつくしがみついている間に、ふたりでバスタブの中に入った。湯あたり防止か、かなり、ぬるめの湯だ。

巽の腰を跨《また》ぐ格好で旋回させられ、背中から抱え込まれる。双丘を割り開かれ、結合部を撫でられて背筋を快感が駆けのぼった。

焦らしはたくさんとばかりに、川嶋が襞《ひだ》を扇情的に蠢かす。搾り取る気満々で、狭隘《きょうあい》な筒内を自在に収斂《しゅうれん》させた。

「僕の……内壁蠕動《ぜんどう》攻撃には、敵《かな》うま…い」

「ほお。すごい締まり具合だな」

「どんな、遅漏も……いちころだよ。さあ。…出せ！」

「出してもいいんだが、あと少々つきあってくれるか」

「…おい。これで……いかない、のか⁉」

「辛抱できる範囲内だ」

「そ……んあっ」

嘘だろうと喚《わめ》く以前に、新たな愉悦が与えられる。

バスタブの縁に摑まらせる格好を取らされ、後ろから突きが開始されたのだ。狭いところでの後背位とあり、常にはない密着感が昂揚《こうよう》を助長させる。

少量ずつとはいえ、流入してくる湯の感触にも昂《たか》ぶった。

「ゃあ…あっあ……んんう」

「中の動きが、いっそう活発化したな」

「誰、の……せい…だとっ」

「俺が二割、俺を煽った、きみの責任が八割だ」

「ば……っふ…あぁ……ああ」

もの申したくも、猛然たる抽挿に切り替わって、それどころではなくなる。湯が波立ち、幾度もバスタブの内側に当たっては跳ね返る。その波が、バスタブとの摩擦で勃起《ぼっき》して震える性器へも快感をもたらす。

知られている弱点を突かれ、擦《こす》られて髪を振り乱した。

負けまいと、川嶋も猛々《たけだけ》しい熱塊を粘膜で食い締める。

「っく、う…あっ……あ、あ、あ…っ」

「そろそろ、限界だな」

「い……あっあっあ！」

ひときわ最奥を穿《うが》たれた直後、体内が熱い精液で満たされる。

あまりの気持ちよさに、川嶋がうっとりと甘い吐息をついた。えもいわれぬ、この痛烈な法悦が欲しかったのだと思い知る。

彼が腰を送り込まずとも、率先して一滴残さず搾取する。

「貪欲《どんよく》な美尻だ」

「なにか、不満でも？」

「まさか。願ったり叶ったりだが、そう溜め込んだところで、無意味だと思ってな」

「え。ちょ……なにを⁉」

またも、巽の腰を跨がせられた。その際、軽く開いて立てた長い両脚の膝に、川嶋の脚がかけられる。閉じようにもままならず、身じろいだ。すると、まだ閉じ切らない後孔に指が挿《はい》ってくる。

しかも、一気に二本もだ。そして、注ぎ込んだばかりの淫液を掻き出し始める。

「嫌っ、あぅう……んんっ……やめ……ぁふ」

「心配しなくても、これから一晩かけて、いくらだって濡らしてやる」

「だめ、だ……明日は、平日…っ」

仕事があるので、最低六時間は眠らせろと注文をつける。

彼の自宅に着いたのが、午後八時半頃だった。それから、夕食も摂らずにセックスへ突入している。今がだいたい九時くらいで、翌朝、七時に起きると仮定し、深夜一時には就寝するべきだ。

四時間もやれば、気もすむはずだ。というか、精根ともに尽き果てる。

巽とて、睡眠不足では業務の効率が落ちるだろう。後処理を終えた彼にそう言ったが、満面の笑顔でとんでもない答えが返る。

「俺は一日、二日程度の徹夜なら平気だけどな。でも、間を取って三時間は寝るか」

「正気かよ⁉」

「俺より六歳も若い賢なら、いけるだろ」

「…日頃の嫌味返しか」

「いや？　単なる事実を述べたまでだ」

「というか、体格とか役割の差を、考慮しなさすぎ」

「前のときも、きみが『もっと』って色っぽくねだって、俺を離さなかったんだがな」

「だから、覚えてないんだってば！」

「ああ。そのペナルティも、今夜はさせてもらわないと」

「紘克さんのほうが絶対、ドSだし」

「同僚いわく、俺は『BH』で『マイルドS』らしいぞ」

「はあ!?　どこがマイルドだよ。みんな騙《だま》されてる!!」

「はいはい。その元気があれば大丈夫」

「待て！」

「三年も待った。もういいだろう」

「ちょ…っ」

毎日、激務をこなす男の体力は侮れなかった。

抗《あらが》う川嶋を難なく抱きすくめ、バスタブを出てボディソープで肌を洗われる。シャワーで泡を流した身体を洗面所に連行され、バスタオルで包まれ、裸の巽に再び、横抱きにされてベッドルームへ運ばれた。

　室内は、ダブルベッドとロッキングチェア、小さなローテーブルしかないシンプルさだ。まさに、寝るためだけの部屋である。ときどき、ロッキングチェアに揺られながら、本を読んだり、飲みものを飲んだりするのかもしれない。

　真っ白のシーツの上に、縺《もつ》れるように彼ごと倒れ込んだ。前回と同じく、灯《あか》りは煌々《こうこう》とついている。

　居直った川嶋が、リビングのソファでの返報とばかりに、巽へ口淫し出す。あの夜、結局いかせられなかった汚名返上もあった。

「んむっ…う、っく」

「実に、アクティブな恋人だ」

　おもしろくてたまらないといったふうな声とともに、髪を撫でられる。

　ベッドのヘッドボードにクッション越しに寄りかかる彼の腰横で俯《うつぶ》せになり、懸命に勤しむ。頬張り切れないサイズゆえ、つけ根あたりは手で弄り回した。睾丸《こうがん》も揉《も》みほぐし、アリの門渡《とわた》りも指先でなぞる。

　巽が川嶋の性器や乳嘴といった性感帯にも、ちょっかいをかけてくる。ともすれば、気が散りそうになるのを堪え、踏ん張った。

無論、銜《くわ》え込める部分は持ちうる限りのスキルを使って可愛がる。結果、熱塊が徐々に硬度を増してきた。先走りの風味も、舌先に感じる。

疲れてきた口元を思わず、川嶋がほころばせたときだ。

「ふ、ぁ…⁉︎」

股間《こかん》から、いささか強引に顔を引き剝がされた。なぜと彼を訝しげに見上げると、微笑んで告げられる。

「そこまでだ。次は、こっち」

「紘克さんを、いかせるまでは嫌だ」

「それが、さっきのペナルティ。俺をいかせるのは、次回に持ち越し」

「マイルド要素、欠片もなし……って、なにす…っ？」

「合体に決まってる」

「…ほかに、ましな言い方……んぁああう」

川嶋の身体を、巽が引き寄せた。腰骨あたりを軽やかに持って後ろ向きに自身の胴を跨がせ、勃《た》っていた熱杭を後孔に押し当ててくる。

彼へ背面を向けた挿入に、上体を倒し、伸ばされた脚に縋《すが》りついた。自ずと腰のみを掲げた猫が、伸びをするような淫《みだ》らなポーズになる。

二度目の交媾《こうこう》とあり、さらにスムーズに深奥へと楔を迎え入れた。口淫で塗《まぶ》した唾液が潤滑剤になってもいる。

「たしか、リードしたい派だったよな。これなら、好きに動けるぞ」

「そ、だけど…」

「それにしても、絶景だ」

「言う、な…よ」

「いやらしさ抜群で、たまらない」

いちいち、そういう姿勢ばかり取らせておいてと猛反発したかった。

なんといっても、この体勢だと、巽の側からは出入りする楔の様子や股間全般が一望できる。せめて、上半身を起こしたかったが、悪戯される恐れがあった。ならば、現状で締めつけてやるほうが無難だ。

腹を据えて、腰を振り立てた。今度こそ、彼を手玉に取ってみせる。並々ならぬ気合で、内襞を濫《みだ》りがわしく動かした。

どの男も降参させたあげく、悉《ことごと》く虜《とりこ》にしてきた究極の襞業《ひだわざ》だ。

参ったかと川嶋が顔だけ振り返ってみるも、心地よさげな表情をしつつも、まだ余裕がありそうな巽と目が合った。

猛者《もさ》すぎると眉をひそめたものの、にっこりされる。

「めちゃくちゃ、悦いな」

「だ、ったら……早々に、いけ…っ」

「いきたいのは、やまやまだがな。きみの顔が見えないのが、もの足りない」

「紘克さんが、選んだ……体位だ…ろ」

「まあな。これはこれで楽しめたし、別のやつに変更だな」

「は⁉　…僕の努力を……無駄にする…気か！」

「しないさ。というわけで、こんな応用編はどうだ」

「んく…ぅ」

ヘッドボードへ背をあずけていた巽が、側臥《そくが》で背後に寄り添ってきた。その上、川嶋の片脚を抱え上げるオプションつきである。

腿裏を通った手で乳嘴を弄られ、唇をきつく噛んだ。

残った片手も、腰とシーツの隙間から伸びてきて性器に絡みつく。後孔も、ゆるやかに突き上げられていた。

うなじや耳朶、肩などへのマーキングにも余念がない。

四箇所を一斉に攻められては、快楽も四倍で惑乱した。おまけに、『唇が切れる』と甘く囁いてキスも追加される。

苦しい体勢のキスとあって、すぐにほどかれた。だが、はしたない声を抑制できなくなる契機になってしまう。

「あっ、ゃん……気持ち、い……ぃ」

「俺もだ」

「んぁん…あ、んん……すごっ…ああぅ」

「きみの中のまとわりつき方も、かなりのものだぞ」

「っは、んあ……悦いっ……い、い…」

「啼《な》き声も艶っぽくて文句なしだ」

そういう巽の性交中の声も、平素と比べたら五割増しでセクシーだった。

なおも、ひと回りボリュームを増した熱杭の存在感に陶酔する。荒々しく突いてほしくて、身体に敷き込んでいないほうの手で彼の頰を撫でた。流し目でも見遣る。

「もっと……ひどく、して…い……からぁ」

「性悪じゃないが、間違いなく色悪だな」

「な、に……っあ…ああっ……あ、あ…っ」

横向きだった格好を仰向けにされ、両脚を肩に担がれた。その直後、敏感なポイントに猛烈な刺激を受けた。

容赦ない律動で、ときに掻き混ぜられたりもしてよがる。

どこが川嶋の最弱スポットかも、巽は覚えていた。そこを猛攻されつづけて、案の定、理性を保っていられなかった。

ただでさえ、恋人同士になって初めてのセックスなのだ。

強硬に意地を張らずともよく、前回以上に乱れに乱れた。彼も断然、熱が入っていて、行為のひとつひとつが執拗で情熱的だ。

「っふ、ん、あっ……も…紘克さ…っ」

「わかってる」

「あ…んぁああ……ぅああ！」

内奥を抉られて間髪容《い》れず、二回目の吐精を粘膜に浴びせかけられた。

川嶋も極めていたが、解放感より中を濡らされる絶頂感で全身を痙攣《けいれん》させる。

「ぁ……は、んあ……んんんぅ…く」

「そんなに中出しが好きか？」

「んっ……好、き…ぁ」

「それをやってる俺のことは？」

「あふっ……ん……好き……I can hardly live without you, physically and spiritually. Stay with me for all eternity.（もう、あなたなしでは、身も心も生きていけそうにない！　ずっと一緒にいたい）」

朦朧《もうろう》とするあまり、言わないつもりでいた本心が、ついこぼれた。しかも、日本語以上に流暢《りゆうちよう》な英語に戻っている分、真意といえる。

しばらくののち、我に返った。そこを狙い澄ましたように、何度目かわからぬ体位チェンジがなされる。

「ちょっ……紘克さん⁉」

「俺も、きみを手放す気は生涯ない」

「え」

「さっきの、賢の求婚《プロポーズ》に対する答えだ」

「…僕が、いつ、なんだって？」

「公私にわたるパートナーができて、最高だ」

「はあ？」

「指輪は近いうちに買いにいこう。同居は追々考えるか」

「おい、こら。暴走妄想弁護士」

「あいにく、きみが発言したことだからな」

そう笑って、巽が英語で愛の言葉を述べた。それが、自分が口走ったものの再現と知り、顔どころか、身体中がほんのり赤くなる。

「一生の不覚だ…」

「素直じゃないきみも、好きだ」

「ん…っ」

真摯な眼差しで唇を啄《ついば》まれたあと、担がれていた脚が下ろされた。そして、繋がった状態で川嶋の両腿を合わせた格好で、また抽挿が始まる。

驚異的な短時間で復活を遂げた巽は、さすがだった。

膝から下は開いているが、股間を閉じたスタイルなので熱塊をより大きく感じる。おそらく、彼も川嶋の中がいちだんとタイトに思えるはずだ。

脹脛《ふくらはぎ》にキスする仕種《しぐさ》は優雅ながら、腰つきは強靭《きょうじん》で泣き濡れる。

「あっあぅ……ん、あ…ぁ」

「しばらくは、週末婚でいこう。もし、毎日セックスしない男は論外とかなら、仕事帰りでよければ、賢のマンションに寄るが？」

四十路《よそじ》も近いくせに、どれだけタフなんだと絶叫したくなった。

こんなハードな行為を毎日だなんて、身体が保《も》つわけがない。溜め息が淫声になるのが嘆かわしくも、きちんと意思表示した。

「…週末、婚が……いい」

「ふうん。職場でも欲しがる勢いかと思ったが、意外だな」

「常識的な……だけ、だ。人を……変態扱い…するな！」

「俺は別に、執務室でっていうのもありだが」

「僕は、なし、だ!!」

公私混同はしないと言っただろうと、念を押す。変態はどっちだとも皮肉った川嶋に、巽が肩をすくめた。

「そうか。まあ、気が変わったら、いつでも言ってくれ」

「だから、変わらない…って……あっ、ん」

突かれるつど、先に注がれていた精液が押し出されてくる。それが臀部《でんぶ》を伝い落ちていく感覚も、快絶になって困った。

要するに、彼がなすこと全部が気持ちいいのだ。

このあとも、宣言どおりに抱かれつづけた。幾度、己が射精したのか、失神したかも、わからない。

「賢、朝だ。早く起きないと、遅刻する」

「……ん？」

「おはよう」

自らを起こす穏やかな声音に、眠い目を無理やりこじ開けた。寝ぼけまなこの川嶋の前には、すでに出所スタイルの巽が立っている。

「…うん。おはよう」

上体を倒してきた彼に、額へキスされて昨夜のことを思い出す。

だるい身体へはバスローブが着せられていて、シーツもきれいなものに替えられていた。いつの間にと首をかしげた川嶋の身体が、そっと抱き上げられる。

「今日は車で出所だ。まず、きみのマンションに行くから、着替えろ。昨日と同じスーツはさすがにまずいだろう」

「だね。いろいろ詮索《せんさく》されて、面倒だし」

普段は電車通勤なのに、わざわざ車を出してくれるらしい。

優しくて誠実で、寛大な恋人は、非の打ちどころがなかった。しかし、それをストレートに伝える気はなく、間近にある巽の双眸を軽く睨んで言う。

「くどいようだけど、事務所では今までどおりだよ」

「はいはい」

「『はい』は一回でいいんです」

「は～い。って、まだ家なんだから」

「んむっ」

仕事モードになるのは早いと、笑いながら唇を啄まれる。『はい』は短くと注意するのは、車内か事務所でいいかと、川嶋も笑顔でキスに応えた。

あとがき

こんにちは。プラチナ文庫様では、はじめまして、牧山です。

『トリコにさせたいドSがいます』をお手に取ってくださり、ありがとうございます。

こちらが本年、最初の刊行本となります。

発売時期にはもう春を迎えているはずですが、現時点においてはまだ二〇一六年は始まったばかりなので、この場を借りてご挨拶をさせていただきます。

本年も、どうぞよろしくお願い申しあげます。

今回は、飄々とした弁護士・巽《たつみ》と、好戦的で強気なパラリーガル兼弁護士・川嶋《かわしま》のお話です。

弁護士同士を書くのは初めてではありませんが、心強い味方になってくれそうな反面、舌戦が尽きなさそうで、友人として周囲に実在するのは少々遠慮願いたいです。

早速ですが、ここからは皆様にお礼を申しあげます。

ワイルドな巽と、理知的な雰囲気が滲み出た川嶋を素敵に描いてくださった周防佑未先生、どうもありがとうございました。

担当様にもお世話になり、ありがとうございました。

この本を手にしてくださった読者の方々にも、最上級の感謝を捧げます。ありがとうございます。少しでもお楽しみいただけますと幸いです。

メールやお手紙もありがとうございます。いつも励みになります。

HP管理等をしてくれている杏さんも、ありがとう！

それでは、またお目にかかれる日を祈りつつ。

牧山ともオフィシャルサイト　http://makitomo.com/

二〇一六年　一月

牧山とも　拝

Platinum Label

トリコにさせたいドS《エス》がいます

プラチナ文庫をお買いあげいただき、ありがとうございます。
この作品を読んでのご意見・ご感想をお待ちしております。

★ファンレターの宛先★

〒102-0072　東京都千代田区飯田橋3-3-1
プランタン出版　プラチナ文庫編集部気付
牧山とも先生係 / 周防佑未先生係

各作品のご感想をWEBサイトにて募集しております。
プランタン出版WEBサイト http://www.printemps.jp

著者——牧山とも(まきやま とも)
挿絵——周防佑未(すおう ゆうみ)
発行——プランタン出版
発売——フランス書院
〒102-0072　東京都千代田区飯田橋3-3-1
電話(営業)03-5226-5744
　　(編集)03-5226-5742
印刷——誠宏印刷
製本——若林製本工場

ISBN978-4-8296-2610-8 C0193